Stendhal

Die Truhe und das Gespenst

und andere Novellen

Übersetzt von Franz Blei

Stendhal: Die Truhe und das Gespenst und andere Novellen

Übersetzt von Franz Blei.

Die Truhe und das Gespenst:
Geschrieben um 1829. Zuerst gedruckt u.d.T. »Le Coffre et le
Revenant« in »Revue de Paris«, 1830.
Der Jude:
Geschrieben um 1830 und zuerst gedruckt in Nouvelles Inédits,
Paris 1855, unter dem Titel Le Juif Filippo Ebreco. Die unvollendete
Erzählung hat folgende kurze Vorbemerkung Stendhals: »An den
Neugierigen. Triest, den 14. und 15. Januar 1831. Nichts zu lesen
habend, schreibe ich. Es ist das gleiche Vergnügen, nur intensiver.
Das Kohlenbecken geniert mich sehr. Kalte Füße und
Kopfschmerzen.«
Mina von Wangel:
Erste Niederschrift datiert aus dem Jahre 1829. Erstmalig gedruckt
wurde Mina von Wangel in der Revue des deux Mondes vom 1.
August 1853.
Erinnerungen eines römischen Edelmannes:
Geschrieben 1824/25. Zuerst gedruckt in englischer Sprache u.d.T.:
The life and Adventures of an Italian Gentleman; Containing his
Travels in Italy, Greece, France etc. in: The London Magazine,
Oktober 1825 bis April 1826. Französisch zuerst u.d.T.: Souvenirs
D'un Gentilhomme Italie in: Revue britannique, T. IV, Paris 1826.

Neuausgabe mit einer Biographie des Autors
Herausgegeben von Karl-Maria Guth
Berlin 2017

Umschlaggestaltung von Thomas Schultz-Overhage unter Verwendung
des Bildes: Darío de Regoyos, Carrera del Darro, Granada

Gesetzt aus der Minion Pro, 11 pt

Die Sammlung Hofenberg erscheint im
Verlag der Contumax GmbH & Co. KG, Berlin
Herstellung: BoD – Books on Demand, Norderstedt

ISBN 978-3-7437-2219-4

Bibliografische Information der Deutschen Nationalbibliothek

Die Deutsche Nationalbibliothek verzeichnet diese Publikation in der
Deutschen Nationalbibliografie; detaillierte bibliografische Daten sind
im Internet über www.dnb.de abrufbar.

Inhalt

Die Truhe und das Gespenst

An einem klaren Maienmorgen des Jahres 1827 ritt Don Blas Bustos y Mosquera mit einem Gefolge von dreizehn Reitern in das Dorf Alcolete ein, eine Meile entfernt von Granada. Bei seinem Anblick liefen die Bauern in ihre Häuser und verriegelten die Türen. Die Weiber blickten aus dem Fensterrande voller Schrecken auf den schrecklichen Polizeimeister von Granada, dessen Grausamkeit der Himmel damit gestraft hat, dass er seiner Gestalt den Ausdruck seiner Seele gab. Ein Mann von sechs Fuß Länge war er, schwarz und von grauenvoller Magerkeit. Nichts als Polizeimeister zitterten doch Bischof und Gouverneur von Granada vor ihm.

In dem Guerillakriege gegen den Kaiser, welcher die Spanier dieses Jahrhunderts für die Nachwelt über alle Völker Europas heben und neben die Franzosen an den zweiten Platz stellen wird, war Don Blas einer der berühmtesten Führer der Guerillas gewesen. Er schlief, wie er geschworen hatte, nicht in einem Bette, war von seiner Bande nicht täglich mindestens einem Franzosen der Garaus gemacht worden.

Die Rückkehr Ferdinands brachte ihn für acht Jahre entsetzlichsten Elends auf die Galeeren von Ceuta. Er war beschuldigt, in seiner Jugend Kapuziner gewesen und aus dem Kloster entsprungen zu sein. Nach acht Jahren wurde er, ohne dass man wusste wie und weshalb, begnadigt. Don Blas spricht heute nie ein Wort; sein Schweigen hat ihn berühmt gemacht; und war er früher im Ruf geistreichen Witzes gestanden, den er an seinen Kriegsgefangenen ausließ bevor er sie henkte; seine Witzworte waren bekannt bei allen spanischen Armeen.

Im Schritt ritt Don Blas durch die Straße von Alcolete und schaute mit seinen Luchsaugen rechts und links die Häuser ab. Gerade als er vor der Kirche war, läutete es zur Messe; er schleuderte sich mehr vom Pferde als dass er abstieg, und man sah ihn vor den Altar hinknien, neben ihn vier seiner Leute, den Blick auf ihn gerichtet, in dessen Augen aber alle Andacht verschwunden war. Denn sie hatten sich finster auf einen jungen Menschen von gutem Aussehen gerichtet, der ein paar Schritte von ihm andächtig betete.

»Ein Mann der besten Gesellschaft«, dachte Don Blas, »den ich nicht kenne? Er war unsichtbar in Granada, seit ich dort bin. Der Mensch verbirgt sich.«

Don Blas beugte sich zu einem seiner Leute hin, befahl ihn, den jungen Menschen zu verhaften, sowie er die Kirche verlassen habe. Nach dem Ita missa ging er selber schnell aus der Kirche und auf den großen Saal des Wirtshauses von Alcolete. Bald darauf erschien sehr erstaunt der junge Mann.

»Euer Name?«

»Don Fernando della Cueva.«

Don Blasens schlimmere Laune wuchs, als er in der Nähe sah, dass dieser Don Fernando ein hübsches Gesicht hatte; er war blond und seine Züge behielten trotz der schlimmen Lage ihren sehr sanften Ausdruck. Don Blas schaute den jungen Menschen versonnen an.

»Was war Ihr Beruf unter den Cortes?« fragte er endlich.

»Ich war 1823 auf der Schule in Sevilla. Ich war damals erst fünfzehn Jahre alt, jetzt bin ich neunzehn.«

»Wovon leben Sie?«

»Mein Vater, Brigadekommandant in der Armee des Don Carlos Cuarto, Gott segne des guten Königs Andenken, hat mir einen kleinen Gutshof hier in der Nähe vermacht; er trägt mir zwölftausend Realen; ich bestelle selber mit drei Knechten die Wirtschaft.«

»Ihnen sehr ergebene Knechte, nicht wahr? Ein prächtiger Guerillabissen.« Don Blas hatte ein bitteres Lächeln, als er befahl: »Ins Gefängnis, aber ohne Aufsehen.« Er überließ seinen Leuten den Gefangenen und ging.

Einen Augenblick darauf saß er beim Frühstück.

»Sechs Monate Gefängnis entschädigen mich für die frischen Farben und das unverschämte Wohlbefinden dieses Don Fernando«, dachte Don Blas.

Der Reiter, der an der Tür Wache stand, hob schnell seinen Karabiner einem Greis vor die Brust, der hinter einem Küchenjungen, der ein Essen trug, in das Gemach wollte. Don Blas sprang zur Tür. Hinter dem Alten gewahrte er ein junges Mädchen, über das er den Don Fernando vergaß.

»Es ist nicht liebenswürdig von Euch, mir nicht einmal Zeit zum Essen zu gönnen, aber tretet ein und sagt Euer Anliegen.« Bei dem Satz sah Don Blas immerzu auf das Mädchen, deren Unschuld auf Stirn und Augen der der italienischen Madonna glich. Er hörte gar nicht, was der Alte sagte, sah immerfort auf das Mädchen. Da wachte er auf, als der Alte zum dritten oder vierten Male ihm zu erklären anhub, weshalb und warum er den Don Fernando della Cueva wieder freisetzen müsse, den Bräutigam seiner Tochter seit langem. Bei den Worten schoss der Blitz aus Don Blasens Augen so mächtig, dass Ines und sogar ihr Vater zusammenfuhren.

»Wir haben immer«, fuhr der Alte weiter, »gottesfürchtig gelebt und sind Christen seit je, von alter Familie, arm, aber Don Fernando ist eine gute Partie. Nie habe ich irgendeine Stelle bekleidet, weder zur Franzosenzeit noch nachher und vorher auch nicht.«

Don Blas blieb schweigend.

»Ich zählte zum ältesten Adel des Königsreichs Granada«, redete der Alte wieder, »und vor der Revolution hätte ich einem frechen Mönch, der mir nicht Rede gestanden hätte, die Ohren abgeschnitten.«

Dem Alten wurden die Augen nass. Ines, die furchtsam war, zog aus der Brust einen Rosenkranz, geweiht in der Berührung mit dem Gewand der Madonna del Pilar, und ihre hübschen Hände krampften sich um das Kreuz. Der schreckliche Don Blas starrte auf die Hände, dann verschlangen seine Augen die schöne, allerdings schon etwas üppige Figur der jungen Ines.

Das Gesicht könnte regelmäßiger sein, dachte er, aber nie noch sah ich solche unschuldige Anmut.

»Ihr heißt also Don Jaimo Arcegui?« fragte er nun den Alten.

»So heiß ich.«

»Siebzig Jahre alt?«

»Neunundsechzig.«

»Dann seid Ihr es«, sagte Don Blas und sein Gesicht wurde zunehmend freundlicher. »Ich suche Euch seit langem schon. Unser König und allergnädigster Herr haben geruht, Euch eine Jahresrente von viertausend Realen auszusetzen. Zwei Jahresraten dieser Ehrenpension sind schon fällig; ich hab' sie bei mir in Granada und morgen Mittag will ich sie Euch selber übergeben. Da will ich Euch auch zeigen, dass mein Vater ein reicher Landmann und Altkastilier war, ein alter Christ so wie Ihr und dass ich niemals Mönch war. Damit mach' ich Eure Beschimpfung von vorhin quitt.«

Der alte Edelmann traute sich nicht, auf die Zusammenkunft in Granada zu verzichten. Er war verwitwet und Ines war sein einziges Kind. Eh er nach Granada aufbrach, brachte er das Mädchen zum Pfarrer; er traf Anordnungen, als ob er sein Kind nie mehr wiedersehen sollte.

Don Blas war in Gala, mit einem großen Ordensband über dem Rock und dem Gehaben eines netten alten Soldaten, der was Gutes zu tun im Schilde führt; er lächelte bei jedem und ohne jeden Anlass höflich und freundlich.

Hätte es Don Jaimo wagen können, er hätte die Annahme der achttausend Realen verweigert, die ihm Don Blas nun auszahlte. Er musste mit ihm essen; das war nicht auszuschlagen. Nach dem Mahle gab ihm der schreckliche Polizeimeister alle seine Papiere zu lesen, das Taufzeugnis, ja sogar das Dokument, das seinen Freispruch von der Galeere bestätigte und das erhärtete, dass Don Blas nie Mönch gewesen war.

Don Jaimo war immer noch vor irgendeinem schlechten Scherz auf der Hut. Da begann Don Blas:

»Ich bekleide jetzt mit achtunddreißig Jahren eine ehrenhafte Stelle, die mir fünftausend Realen trägt. Tausend Unzen Rente hab ich auf der Bank von Neapel. Ich bitte um die Hand Eurer Tochter Donna Ines Arcegui.«

Don Jaimo wurde blass. Es gab eine kleine Stille. Dann redete wieder Don Blas:

»Ich muss es Euch wohl sagen, Don Fernando della Cueva ist in eine arge Sache verwickelt. Der Polizeiminister lässt ihn suchen, es droht ihm die Garotta oder doch wenigstens die Galeere. Ich bin acht Jahre auf den Galeeren gewesen, und es ist ein schlimmer Aufenthalt, das könnt Ihr mir glauben.« Und näher am Ohr des Alten und leiser: »In längstens drei Wochen bekomme ich Befehl vom Minister, Don Fernando aus dem Gefängnis von Alcolete nach dem von Granada zu entlassen. Der Befehl wird spät am Abend eintreffen. Nützt Don Fernando die Nacht zur Flucht, so drück ich aus Rücksicht auf die Freundschaft, mit der Ihr mich auszeichnet, gerne ein Auge zu. Er kann für ein, zwei Jahre verschwinden, nach Mallorca zum Beispiel, und man wird von ihm höchstens mehr den Namen wissen.«

Der alte Edelmann sprach kein Wort; er war ganz zusammengebrochen und kam mit Mühe zurück in sein Dorf.

Mit dem Blutgeld meines Freundes Fernando, des Bräutigams meiner Ines, reise ich heim, warf er sich vor.

Er fiel seinem Kinde in die Arme.

»Der Mönch will dich zum Weibe!«

Ines trocknete bald ihre Tränen; sie bat ihren Vater, den Rat des Priesters, der in der Kirche war, im Beichtstuhl einholen zu dürfen. Der Pfarrer weinte trotz der Fühllosigkeit seines Alters und seines Standes. Sie müsse sich entschließen, entweder zur Flucht in dieser Nacht oder zur Heirat mit Don Blas. Sie sollte mit dem Vater nach Gibraltar zu entweichen versuchen und von da nach England.

»Und wovon sollen wir dort leben?« fragte Ines.

»Ihr könnt Haus und Garten verkaufen.«

»Wer kauft das!« rief Ines und brach in Tränen aus.

»Ich hab' mir etwa fünftausend Realen erspart«, sagte der Pfarrer, »ich gebe sie Euch gern, wenn Ihr nicht glaubt, als Weib des Don Blas glücklich zu werden.«

Vierzehn Tage später bildeten die Polizisten von Granada in voller Gala einen Kordon um die Kirche von San Dominico, die so dunkel ist, dass man am hellen Mittag darin seinen Weg nicht findet. An jenem Tag traute sich außer den Geladenen kein Mensch in die Kirche.

In einer Seitenkapelle brannten hunderte von Kerzen, eine Feuerbahn ging von ihnen in das Kirchendunkel, und schon vom Portal her sah man vor dem Altar auf den Stufen einen Mann knien, seine Umgebung überragend um Haupteslänge. Nun erhob er sich; man sah die Orden auf seiner Brust. Er reichte einem jungen Mädchen die Hand, das leicht und jung schritt in seltsamem Gegensatz zu des Mannes steifer Würde. Die Augen der jungen Braut glänzten in Tränen, aber in ihren Zügen war die Sanftmut eines Engels trotz allen Kummers, und alles Volk am Kirchenportal staunte darob, als sie den Wagen bestieg.

Jeder merkte es, dass Don Blas seit seiner Hochzeit etwas milder geworden war. Die Hinrichtungen wurden seltener, und statt die Verurteilten von hinten zu erschießen, wurden sie einfach gehenkt. Bisweilen erlaubte Don Blas ihnen auch, ihre Verwandten zu umarmen vor dem Todesweg.

An einem Tage sagte er zu seiner Frau, die er unsinnig liebte:

»Ich bin eifersüchtig auf die Sancha.«

Sancha war Ines Freundin und Milchschwester und hatte bei Don Jaimo als sogenannte Zofe seiner Tochter im Hause gelebt und als Zofe war sie mit Ines in den Palast nach Granada gezogen.

»Bin ich nicht bei dir, Ines, so bist du mit Sancha allein und redest mit ihr. Sie ist freundlich und macht dich guter Dinge. Ich bin ein alter Soldat und habe einen ernsten Beruf, und ich weiß, ich bin wenig heiter. Diese Sancha macht mich in deinen Augen zu einem griesgrämigen Sechziger. Hier ist der Schlüssel zum Geldschrank; nimm und gib ihr Geld, soviel du willst, alles meinetwegen, was darin ist, nur dass sie fortgeht. Sie muss aus dem Haus. Ich will sie nicht mehr sehn.«

Als des Abends Don Blas aus seinem Dienst heimkam, war Sancha das erste Wesen, dem er begegnete; sie tat wie sonst ihre Arbeit. Wut packte ihn; er trat auf Sancha zu, die aufschaute und ihn mit jenem spanischen Blick ansah, in dem so seltsam Furcht, Hass und Mut gemischt sind. Don Blas lachte im nächsten Augenblick.

»Liebe Sancha, hat Donna Ines dir gesagt, dass ich dir zehntausend Realen schenke?«

»Ich nehme nur von meiner Herrin Geschenke«, und immer noch sah sie ihm fest in die Augen.

Don Blas trat in das Gemach seiner Frau: »Wie viele Gefangene hast du zurzeit im Gefängnis von Torre-Vieja?« fragte sie.

»In den Kerkern zweiunddreißig, an zweihundertsechzig vielleicht in den obern Stockwerken. Warum?«

»Schenk ihnen die Freiheit, und ich trenne mich von meiner einzigen Freundin.«

»Was du da wünschest, dazu hab' ich die Macht nicht«, sagte Don Blas. Und sprach an dem ganzen Abend kein Wort mehr.

Ines arbeitete bei ihrer Lampe; sie sah, wie ihr Mann im Wechsel rot und blass wurde; sie legte ihre Arbeit hin und begann ihren Rosenkranz zu beten. Am andern Tage Schweigen. In der Nacht brach in Torre-Vieja ein Feuer aus, in dem zwei Gefangene umkamen, allen andern gelang es zu entfliehen, trotz der Wachsamkeit des Polizeimeisters und der Wärter.

Ines und ihr Mann sprachen zueinander kein Wort davon. Aber als andern Tages Don Blas nach Hause kam, war Sancha fort. Er warf sich Ines in die Arme.

Es war achtzehn Monate her, dass es in Torre-Vieja gebrannt hatte, als vor der elendsten Herberge des Dorfes La Zuia ein staubbedeckter Reisender vom Pferde stieg. Der Ort liegt eine Meile südlich von

Granada, während Alcolete im Norden liegt. Granada bildet gewissermaßen eine zauberische Oase inmitten der ausgedörrten andalusischen Hochebene. Der Kleidung nach hätte man den Fremden für einen Katalonier halten können, und sein in Mallorca ausgestellter Pass war in der Tat in Barcelona visiert, wo er an Land gegangen war. Als der hundearme Herbergswirt dem Reisenden den Pass zurückgab, der auf einen namens Don Pablo Rodil ausgestellt war, blickte er den Katalonier an.

»Ja, mein gnädiger Herr, ich werde Euer Herrlichkeit Bescheid geben in dem Fall, dass die Polizei von Granada nach Ihnen fragen sollte.«

Der Reisende sagte, er wolle sich in dieser schönen Gegend umsehen und ging eine Stunde vor Sonnenaufgang fort. Erst des Mittags kam er heim, während der ärgsten Hitze, wo alles bei Tisch sitzt oder Siesta hält. Don Fernando war in Granada gewesen. Stunden hatte er auf einem mit jungen Korkeichen bestandenen Hügel verbracht, von wo aus er den alten Inquisitionspalast sah, in dem jetzt Don Blas und Ines residierten. Er konnte den Blick nicht wegtun von dem alten schwarzen Gemäuer, das riesenhaft über das Häusergewirr der Stadt ragte. Als er von Mallorca wegging, hatte Don Fernando den Schwur getan, nie Granada zu betreten. Aber es fasste ihn eines Tages die Sehnsucht allzu stark. Nun schritt er in der engen Gasse hin an der Mauer des Inquisitionspalastes, trat in den Laden eines Handwerkers, fand Vorwand zum Verweilen und Reden. Ja, dort oben in dem hohen zweiten Stockwerk seien die Fenster des Schlafgemaches von Dona Ines, zeigte der Meister.

Zur Zeit der Siesta hatte dann Don Fernando den Rückweg nach Zuia angetreten, von der Eifersucht gepeitscht. Er hätte Ines erdolchen und dann sich umbringen mögen.

»Ich bin ein Feigling«, wiederholte er sich immer wieder. »Ich bin ein schwacher Mensch, und sie bringt es über sich, ihn zu lieben, wenn sie es für ihre Pflicht hält.«

An einer Ecke stieß er auf Sancha. »Ah, Freundin!« rief er, tat aber gleich so, als ob er nicht mit ihr spräche. »Ich heiße Don Pablo Rodil, wohne in La Zuia, Wirtshaus ›Zum Engel‹. Kannst du morgen beim Abendläuten an der großen Kirche sein?«

»Ich werde da sein«, sagte Sancha, ohne ihn anzusehen. Am andern Abend sah Don Fernando Sancha kommen; ohne dass sie jemand sah, trat sie in die Herberge. Fernando schloss die Tür.

10

»Ich bin nicht mehr bei ihr im Dienst«, sagte Sancha auf Fernandos fragenden Tränenblick. »Sie hat mich vor achtzehn Monaten ohne eine Erklärung, ohne einen Grund entlassen. Ich glaube, sie liebt den Don Blas.«

»Liebt ihn?« schrie Don Fernando auf. »Auch das noch!«

»Ich warf mich ihr zu Füßen und flehte sie an, mir den Grund ihrer Ungnade zu sagen. Unbewegt sagte sie nur: ›Mein Gatte will es.‹ Und kein Wort mehr. Ihr kanntet sie ja als fromm; jetzt ist ihr Leben nur mehr Beten.«

Kriechend vor der herrschenden Partei hatte Don Blas es veranlasst, dass ein Teil des von ihm bewohnten Palastes den Clarissinnen eingeräumt wurde; die Nonnen zogen hier ein und hatten hier auch ihre Kirche eingerichtet. Donna Ines war fast ständig bei ihnen. Kaum hatte Don Blas sein Haus verlassen, so konnte man Ines schon bei den Nonnen oder vor dem Altar suchen.

»Don Blas liebt sie! Diesen Menschen liebt sie!«

»An dem Tage, da ich entlassen wurde, sagte Ines zu mir ...«

»Ist sie lustig?« unterbrach sie Don Fernando.

»Lustig nicht, aber von gleichmäßig sanfter Stimmung, ganz anders aber als damals, wo Ihr sie kanntet. Gar nichts mehr hat sie von ihrem früheren Mutwillen und ihrer Tollheit, wie der Pfarrer es einmal nannte.«

»So ehrlos! So ohne Scham und Ehre!« Fernando raste im Zimmer auf und ab. »Das sind ihre Schwüre! Das ist ihre Liebe! Und nicht einmal traurig ist sie, und ich ...«

»Wie ich Eurer Herrlichkeit schon sagte«, begann Sancha wieder, »am Tage, bevor ich entlassen wurde, sprach Dona Ines mit mir, gütig, voller Freundschaft, ganz wie früher in Alcolete. Und andern Tages bloß: ›Mein Gatte will es‹, nichts als das. Und gab mir ein von ihr unterschriebenes Papier, das mir eine Pension von achthundert Realen sichert.«

»Zeig mir das Papier.«

Er bedeckte Ines' Namenszug mit seinen Küssen.

»Hat sie von mir gesprochen?«

»Niemals. Der alte Don Jaimo selber hat ihr einmal in meiner Gegenwart vorgeworfen, wie sie nur einen so freundlichen Nachbarn ganz vergessen könne. Sie wurde bleich und sagte nichts darauf.

Brachte den Vater bis zur Tür und lief in die Kapelle, wo sie sich einschloss.«

»Ich bin nichts als ein Narr!« rief Don Fernando. »Hass wird für sie in mir sein! Genug geredet von ihr. Zu meinem Glück bin ich nach Granada gekommen und zu noch größerem Glück, dass ich dich traf ... Und du, Sancha, was treibst du?«

»In Albaracen, eine halbe Meile von Granada, habe ich einen Kramladen. Ich hab' da«, und sie sprach leiser, »schöne englische Waren, die mir die Schmuggler aus der Alpujarra bringen. Ich habe Waren für mehr als zehntausend Realen Wert. Ich bin zufrieden.«

»So, so, du hast also unter den Banditen der Alpujurra einen Liebhaber ... Wir werden uns nicht wiedersehen. Nimm dies zur Erinnerung an mich.«

Sancha wollte gehen, aber er hielt sie zurück.

»Was meinst du, wenn ich mich von ihr sehen ließe?«

»Sie würde vor Euch fliehen und wenn sie sich zum Fenster hinauswerfen müsste. Und dann, Spione sind immer um das Haus, wie Ihr Euch auch verkleiden mögt, sie würden Euch festnehmen. Seid auf der Hut.«

Fernando schämte sich, schwach geworden zu sein und sagte nichts mehr, fest entschlossen, am nächsten Tage nach Mallorca zurückzukehren.

Der Zufall führte Don Fernando eine Woche darauf durch den Flecken Albaracen. Die Banditen hatten den Generalkapitän O'Donnell gefangen und eine Stunde lang mit dem Bauch im Sumpf gehalten. Don Fernando sah Sancha, die geschäftig umherlief.

»Keine Zeit jetzt, mit Euch zu reden«, sagte sie, »kommt zu mir.«

Ihr Laden war von außen versperrt, und Sancha war dabei, ihre englischen Waren mit großer Hast in eine Truhe aus dunkelstem Eichenholz zu stopfen.

»Man wird uns heute Nacht vielleicht angreifen. Der Räuberführer ist ein persönlicher Feind eines Schmugglers, der mein Freund ist. Meinen Laden plündern sie sicher als ersten. Ich bin eben von Granada zurück. Donna Ines, im wichtigen immer noch eine seelengute Frau, hat mir erlaubt, meine besten Waren in ihrem Schlafzimmer zu verstecken. Don Blas wird die Truhe da voller Schmugglerware schon nicht sehen, und will es das Unglück, dass er sie sieht, so wird Donna Ines schon was erfinden.«

Dabei füllte sie in Eile die Truhe mit Seidentüchern und Schals. Don Fernando sah zu. Plötzlich stürzte er sich auf die Truhe, warf all ihren Inhalt heraus und legte sich an dessen Stelle.

»Seid Ihr verrückt geworden?« rief Sancha aus.

»Hier sind fünfzig Unzen Gold. Und der Himmel soll mich töten, verlasse ich diese Truhe eher, als ich im Inquisitionspalast von Granada bin! Ich will Ines sehen!«

Was immer auch die ganz erschreckte Sancha einwenden wollte, Don Fernando hörte nicht darauf.

Sie sprach noch, als Zanga, ein Lastträger, und Sanchas Vetter, ins Haus trat; er sollte auf einem Maultier die Truhe nach Granada bringen. Kaum hörte Don Fernando die Schritte, zog er schon den Deckel zu, und Sancha schloss mit einem Seufzer die Truhe ab. Denn sie offen zu lassen mit dem Mann darin wäre nicht klug gewesen.

Also zog Don Fernando an einem schönen Junimorgen um elf in einer Truhe in Granada ein, dem Ersticken nahe. Im Inquisitionspalast angekommen, stieg Zanga mit der Truhe die Treppe hinauf, und Don Fernando hatte die stille Hoffnung, dass sie in den zweiten Stock, vielleicht sogar in Ines' Schlafgemach gebracht würde.

Die Truhe ward hingestellt, hinter dem Träger schloss sich wieder die Tür und kein Laut mehr war zu vernehmen.

Don Fernando versuchte mit seinem Dolchmesser den Riegel des Schlosses zu öffnen, und es gelang. Zu seiner größten Freude sah er sich in Ines' Schlafgemach. Frauenkleider sah er und neben dem Bett ein Kruzifix, das Ines schon in ihrer kleinen Kammer in Alcolete gehabt hatte. Nach einem Streit hatte sie ihn einmal in ihre Kammer geführt und auf dieses Kruzifix ihre ewige Liebe beschworen.

Die Hitze in dem ganz dunklen Raum war sehr groß; die Fensterläden waren verschlossen, die Gardinen aus türkischem Musselin fest zugezogen. Nichts als das leise plätschernde Geräusch eines Springbrunnens war vernehmbar, der in einer Ecke stand und dessen Wasser in eine Muschel aus schwarzem Marmor zurückfiel. Dieses leise Geräusch des Wassers brachte Furcht in Don Fernando, der in seinem Leben genug Proben kühnster Tapferkeit abgelegt hatte. Nichts fühlte er von dem vollkommenen Glück, von dem er in Mallorca immer geträumt hatte, wenn er darüber sann, wie bisher, in Ines' Schlafraum zu gelangen. Das Exil, die Trennung von den Seinen, die vergehende Leidenschaft und der Wahnsinn, in dessen Nähe ihn das Fieber dieser Leidenschaft gebracht hatte, füllten ihn ganz aus.

Nur ein Gefühl beherrschte ihn in diesem Augenblick: die Angst, Ines zu missfallen, die er so keusch und schüchtern gekannt hatte. Wer den ungewöhnlichen und leidenschaftlichen Charakter des Südländers ein wenig kennt, wird über den Zustand Don Fernandos nicht erstaunt sein, der einer Ohnmacht nahe war, als er, es hatte gerade auf der Klosteruhr zwei geschlagen, in der tiefen Stille leichte Schritte die Steintreppe heraufkommen hörte; sie näherten sich der Türe. Er erkannte am Gang Ines und versteckte sich in der Truhe; der Mut, dem ersten Ausbruch der Entrüstung einer so pflichttreuen Frau standzuhalten, verließ ihn.

Die Hitze drückte in die tiefe Dunkelheit. Ines legte sich auf das Bett, und bald merkte Don Fernando an den gleichmäßigen Atemzügen, dass sie schlief. Jetzt erst wagte er es, an das Bett zu treten, und er sah Ines, seinen einzigen Gedanken seit Jahren. Er empfand Schrecken vor ihr, so allein ihm überlassen und unschuldig schlafend, und stärker noch wurde dieses seltsame Gefühl, als er in den Augen einen ihm fremden Ausdruck kalter Würde bemerkte. Aber die leichte Unordnung ihrer sommerlichen Kleider stand in einem so pikanten Gegensatz zu diesen fast strengen Zügen, dass sich Don Fernandos Seele doch gemach mit Glück füllte, die Geliebte wiederzusehen.

Er wusste, Ines' erster Gedanke bei seinem Anblick würde Flucht sein. Also schloss er die Türe ab und steckte den Schlüssel zu sich.

Endlich kam der über seine Zukunft entscheidende Augenblick. Ines regte sich im Schlaf; sie schien zu erwachen. Fernando hatte den Einfall, vor jenem Kruzifix aus Ines Kammer von Alcolete niederzuknien. Ines schlug die noch vom Schlaf schweren Lider auf: Fernando ist in der Ferne gestorben und vor dem Kruzifix knie sein Geist, dachte sie.

Die Hände faltend, blieb sie auf dem Bettrand sitzen. »Armer, armer Fernando«, sagte sie ohne Stimme, bebend.

Da wandte Fernando, immer noch, kniend, sie besser zu sehen, den Blick nach ihr, aber da machte er in seiner Verwirrung auch schon eine Bewegung, und Ines wurde völlig wach, sprang, die Wahrheit begreifend, nach der Tür.

»Welche Kühnheit!« rief sie. »Verlassen Sie mich!«

Und stürzte in die fernste Zimmerecke, wo der kleine Springbrunnen stand.

»Kommen Sie mir nicht nah! Kommen Sie mir nicht nah! Gehen Sie fort!«

In ihren Augen war reiner Glanz von Unschuld und Tugend.

»Ich gehe nicht, bevor du mich gehört hast, Ines. Ich habe dich nicht vergessen können. Seit zwei Jahren habe ich Tag und Nacht dein Bild vor mir. Hast du mir nicht vor diesem Kruzifix geschworen, ewig die meine zu sein?«

»Gehen Sie oder ich rufe, dann sind wir beide des Todes.«

Don Fernando war rascher und ließ sie nicht bis zur Klingel kommen; er fing Ines auf und schloss sie in seine Arme, zitternd. Ines merkte es und verlor alle Kraft, ihr vom Zorne gegeben.

Aber Don Fernando dachte nur mehr an die Pflicht, nicht mehr an die Liebe, mehr noch bebend als Ines, gegen die er, das fühlte er, soeben wie ein Feind gehandelt hatte; aber er blieb ganz besonnen.

»Du willst also den Tod meiner unsterblichen Seele«, sagte Ines. »Aber dann musst du eines wissen. Dich allein liebe ich und nie einen andern außer dir. Keine Minute im entsetzlichen Leben meiner Heirat, dass ich nicht an dich dachte. Es ist eine große Sünde. Ich tat alles, dich zu vergessen, aber es half nichts. Erschrick nicht, wie gottlos ich bin, Fernando! Das heilige Kruzifix da, es ist für mich oft nicht mehr das Bild des Heilandes, der uns richten wird, nur Erinnerung noch an die Eide, die ich dir schwur in meiner Kammer zu Alcolete. So, Fernando, wir sind verdammt, ganz ohne Rettung verdammt! Wir wollen die kleine Frist, die uns zu leben bleibt, noch glücklich sein.«

Von Fernando nahm, was er hörte, alle Furcht; Glück strömte in ihm.

»Du verzeihst mir? Du liebst mich noch?«

Die Stunden waren rasch vergangen und der Tag neigte sich zum Untergang. Fernando erzählte von dem Einfall am Morgen beim Anblick der Truhe, als ein starkes Geräusch vor der Zimmertür sie aufschreckte. Es war Don Blas, der seine Frau zum abendlichen Spaziergang abholen kam.

»Sag, du fühltest dich von der Hitze zu müde«, flüsterte ratend Don Fernando. »Ich verstecke mich wieder in der Truhe. Hier ist der

Schlüssel zur Tür. Tu so, als bekämst du sie nicht auf; steck ihn verkehrt herum, bis du das Schloss an der Truhe zuschnappen hörst.«

Es gelang, wie man wollte. Don Blas glaubte an die ermüdende Wirkung der Hitze und entschuldigte sich bei Ines, dass er sie geweckt habe, nahm sie in seine Arme und trug sie wieder aufs Bett. Da wurde er zärtlich, küsste sein Weib. Da fiel sein Blick auf die Truhe.

»Was ist das?« Das Misstrauen des Polizisten wurde rege.

»Und das bei mir!« schimpfte er ein paarmal und immer wieder, während Donna Ines ihm Sanchas Ängste und die Geschichte von der Truhe erzählt.

»Den Schlüssel!« herrschte er sie an.

»Ich wollte ihn nicht nehmen, einer von deinen Leuten hätte ihn ja finden können. Dass ich mich der Annahme weigerte, schien Sancha sehr zu beruhigen.«

»Das ist ja ausgezeichnet. Aber ich habe da in meinem Pistolenkasten Dietriche genug für alle Schlösser der Welt.«

Er ging ans Kopfende des Bettes, öffnete einen Waffenschrank und machte sich mit einem Bündel englischer Nachschlüssel an die Truhe. Ines schlug die Vorhänge des Fensters auseinander und lehnte sich über die Brüstung, bereit, sich auf die Straße zu werfen, sobald ihr Mann Fernando entdeckte. Aber der Hass hatte Fernando alle Kaltblütigkeit wiedergegeben; er steckte die Spitze seines Dolches hinter den Riegel des alten Truhenschlosses, und Don Blas probierte vergeblich alle seine Nachschlüssel.

»Seltsam«, sagte Don Blas und erhob sich, »diese Schlüssel haben noch nie versagt. Wir werden leider unsern Spaziergang etwas aufschieben müssen, liebe Ines. Ich wäre, selbst an deiner Seite, nicht froh beim Gedanken an diese Truhe, die vielleicht voller verbrecherischer Papiere steckt. Wer sagt mir, ob nicht mein Feind, der Bischof, in meiner Abwesenheit Haussuchung hält mit einem Befehl, dem König abgelistet? Ich bin gleich wieder mit einem meiner Leute zurück, der mit dem Schloss mehr Glück haben wird als ich.«

Ines schloss die Tür hinter ihm ab. Vergeblich wollte Fernando sie zu gemeinsamer Flucht bewegen.

»Du kennst den furchtbaren Don Blas nicht! In wenigen Minuten ist er in Verbindung mit seinen Agenten Meilen herum um Granada. Warum kann ich mit dir nicht nach England fliehen! Aber denk dir, dieses ungeheure Haus wird täglich bis auf den kleinsten Winkel durchsucht. Aber ich will dich doch verstecken. Aber sei vorsichtig, Geliebter, – ich würde dich nicht überleben!«

Da fiel ein starker Schlag auf die Türe. Fernando stellte sich dahinter, den Dolch bereit. Es war Sancha. Sie erzählten ihr rasch alles.

»Aber, wenn Sie Fernando verbergen, Donna, so findet ja Don Blas die Truhe leer! Was nur können wir rasch hineintun? Aber ich vergaß in meiner Aufregung ganz eine gute Neuigkeit! Die Stadt ist in Aufruhr und Don Blas sehr beschäftigt. Den Don Pedro Ramos, den Deputierten der Cortes, hat im Café am Platz ein royalistischer Freiwilliger beschimpft, worauf Don Ramos ihn erdolchte. Ich sah Don Blas eben noch mitten unter seinen Leuten an der Puerta del Sol. Verstecken Sie Don Fernando eine Weile, gnädige Frau. Ich will den Zanga suchen gehen, bis ich ihn finde; er soll die Truhe wieder abholen, in die sich Don Fernando wieder gelegt hat. Wir haben hoffentlich Zeit genug. Schaffen Sie die Truhe in ein anderes Gemach, damit Sie Don Blas etwas hinhalten können und er Sie nicht gleich ersticht. Sagen Sie ihm, Sie hätten die Truhe öffnen und wegtragen lassen. Aber wenn Don Blas vor mir wiederkommt, sind wir des Todes, das ist sicher.«

Was Sancha vom Erstechen und Tod sagte, machte auf die Liebenden gar keinen Eindruck. Sie schleppten die Truhe in eine enge Nische und erzählten einander von ihrem Leben der letzten zwei Jahre.

»Deine Geliebte wird dir in nichts widersprechen«, sagte Ines, »ich will alles tun, was du mich heißest. Mir ahnt, dass wir nicht lange mehr leben werden. Ach, wie wenig fragt Don Blas nach seinem und anderer Leben! Er wird es herausbekommen, dass ich dich sah, und er wird mich töten … Was werde ich im andern Leben finden? Ewige Strafen.«

Sie warf sich Fernando an die Brust.

»Ich bin die glücklichste Frau«, jubelte sie. »Und findest du ein Mittel, dass wir uns wiedersehen können, so lass es mich durch Sancha wissen. Du weißt, dass deine Sklavin Ines heißt.«

Zanga kam erst des Nachts und packte die Truhe auf, in die sich Don Fernando wieder gelegt hatte. Ein paarmal hielten ihn die Polizeipatrouillen an, die den Deputierten Ramos suchten, aber er kam immer mit dem Worte durch, dass die Truhe dem Don Blas gehöre.

Da wurde er wieder in einer verlassenen Gasse angehalten, die den Kirchhof entlangführte, der, zwölf bis fünfzehn Fuß tiefer als die

Gasse, von dieser durch ein niederes Mäuerchen getrennt war. Während er von der Patrouille ausgefragt wurde, stellte Zanga die Truhe auf die Mauer.

Man hatte in Angst vor Don Blas' Rückkehr den Zanga zur Eile angetrieben, der die Truhe so fasste, dass Don Fernando mit dem Kopf nach unten lag. Der Schmerz, den er so empfand, begann unerträglich zu werden. Als er nun merkte, dass die Truhe nicht mehr getragen wurde, verließ ihn die Geduld. Es war ganz still in der Gasse; die Polizisten hatten sich entfernt. Don Fernando berechnete die Zeit auf neun Uhr abends.

Mit ein paar Dukaten hoffte er sich Zangas Schweigen zu erkaufen, denn er ertrug den Schmerz nicht länger. Er flüsterte aus der Truhe: »Dreh den Kasten anders herum, ich leide grässliche Schmerzen.«

Der Träger, dem es ohnedies um diese Stunde an der Kirchhofmauer nicht geheuer war, erschrak über die Stimme dicht an seinem Ohr; er vermeinte, ein Gespenst rede und lief davon was ihn die Beine tragen konnten. Die Truhe blieb auf der Mauer stehen wie sie stand. Als Fernando keine Antwort erhielt, verstand er, dass man ihn in Stich gelassen hatte. Seine Schmerzen waren größer als die Angst vor der Gefahr. Um die Truhe zu öffnen, machte er eine jähe Bewegung, und Truhe und Mann stürzten hinunter in den Gottesacker.

Don Fernando kam erst nach einigen Minuten, betäubt vom Sturze, zur Besinnung; er sah die Sterne über seinen Augen. Das Schloss der Truhe war beim Sturz aufgesprungen; er lag auf der Erde eines frisch aufgeworfenen Grabes. Er dachte an die Gefahr für Ines, und gewann davon seine Kräfte wieder.

Er blutete, arg zerschunden wie er war, aber er erhob sich doch und konnte bald wieder gehen. Mühevoll kletterte er die Mauer hinauf und schleppte sich in Sanchas Haus. Als diese ihn so im Blute sah, glaubte sie ihn von Don Blas entdeckt.

Sie lachte, als sie seinen Bericht gehört hatte. »Da haben Sie uns aber in eine schöne Patsche gebracht.«

Das Wichtigste, entschieden sie, sei, die Truhe vom Kirchhof wegzuschaffen. »Donna Ines und ich sind des Todes«, sagte Sancha, »wenn ein Spion oder Don Blas morgen die verfluchte Truhe findet.«

»Und sie ist sicher voll Blut«, sagte Don Fernando.

Nur Zanga konnte damit betraut werden. Als sie noch von ihm sprachen, pochte er gerade an die Tür. Er war gar nicht verwundert, als ihm Sancha sagte:

»Brauchst mir nicht zu erzählen, ich weiß schon alles. Du hast meine Truhe im Stich gelassen und sie ist mit allem meinem Kram in den Gottesacker hinuntergefallen; ein ungeheurer Verlust für mich! Folge wird sein, dass Don Blas dich heute Nacht noch oder morgen früh verhören wird.«

»Dann bin ich verloren!« stöhnte Zanga.

»Gerettet bist du, wenn du antwortest, du hättest die Truhe aus seinem Haus zu mir gebracht.«

Zanga war wütend auf sich selber, dass er die Waren seiner Cousine hatte im Stich gelassen, aber vor dem Gespenst fürchtete er sich auch und eine Höllenangst hatte er vor Don Blas – er war so verwirrt, dass er die einfachsten Dinge nicht begriff, und Sancha hatte viele Mühe, ihm auseinanderzusetzen, was er dem Polizeimeister zu antworten habe, um niemanden in Gefahr zu bringen.

Da trat Don Fernando hinzu. »Da hast du zwei Dukaten, aber wenn du nicht genau sagst, was dir Sancha beigebracht hat, dann machst du mit diesem Dolch Bekanntschaft.«

»Ja, und wer seid denn Ihr, Herr?«

»Ein unglücklicher Liberaler, von den royalistischen Freischaren verfolgt.«

Zanga brachte kein Wort mehr heraus, und seine Angst wurde noch größer, als zwei Häscher des Don Blas eintraten, deren einer ihn packte und sofort zu seinem Herrn brachte. Der andere meldete Sancha bloß, dass man sie im Inquisitionspalast wünsche; sein Ton war nicht streng.

Sancha redete scherzend mit ihm und lud ihn auf ein Glas vortrefflichen Rancio ein. Sie wollte ihn zum Reden bringen, um Don Fernando, der in seinem Versteck alles hören konnte, einige Weisungen zu geben.

Der Polizist erzählte, Zanga sei auf der Flucht vor dem Geiste totenbleich in ein Wirtshaus gekommen, wo er erzählte. Einer von den Häschern auf der Suche nach dem Liberalen, der einen Royalisten getötet hatte, war in dem Wirtshaus und lief sofort, dem Don Blas Meldung zu machen.

»Aber unser Polizeimeister ist kein Dummer. Er hatte es gleich heraus, dass die Stimme, die Zanga gehört hatte, zu dem Liberalen gehöre, der sich auf dem Kirchhof versteckt hat. Da hat er mich gleich hingeschickt, um die Truhe zu holen. Sie war offen und voller Blutspritzer. Don Blas sah sehr erstaunt aus und hat mich hierher geschickt. Jetzt gehen wir.«

Ines und ich, wir sind des Todes, dachte Sancha auf dem Wege zum Inquisitionspalast. Blas hat die Truhe wiedererkannt und weiß jetzt, dass ein Fremder sich in sein Haus eingeschlichen hat. Die Nacht war sehr finster. Einen Augenblick kam Sancha der Gedanke der Flucht. Aber sie wehrte ihn ab. Es wäre ehrlos, Ines jetzt zu verlassen, die so kindlich ist und sicher jetzt nicht weiß, was sie antworten soll.

Sancha erstaunte darüber, dass man sie in den zweiten Stock hinaufführe, ja sogar in Ines' Schlafgemach. Diese Art des Verhörs gab ihr schlimme Ahnungen. Der Raum war hell erleuchtet. Donna Ines saß am Tisch und Don Blas stand mit stechenden Augen neben ihr; vor ihnen stand die Truhe, offen, blutbespritzt. Als Sancha eintrat, verhörte Don Blas gerade den Lastträger, aber er ließ ihn sofort abführen.

›Ob er uns wohl verraten hat?‹ dachte Sancha. ›Donna Ines' Leben ist in seinen Händen.‹

Sie blickte auf ihre Herrin; aber in deren Augen war Ruhe und Entschlossenheit. Sancha staunte. ›Wo nimmt diese furchtsame Frau solchen Mut her?‹ dachte sie.

Schon bei den ersten Antworten, die Sancha Don Blas auf seine Fragen gab, merkte sie, dass dieser sonst so beherrschte Mann wie wahnsinnig war.

»Die Sache ist ganz klar«, sagte er zu sich selber sprechend. Das hörte Donna Ines ebenso wie Sancha, denn sie sagte einfach, als ob es nichts als das wäre: »Die vielen brennenden Kerzen im Zimmer machen es heiß wie einen Schmelzofen.«

Und trat ans Fenster.

Sancha wusste um den Plan, den Ines wenige Stunden zuvor gehabt hatte und verstand diese Bewegung zum Fenster. Sie heuchelte also sofort einen schweren Nervenanfall.

Und schrie: »Sie wollen mich töten, weil ich Don Pedro Ramos gerettet habe!«

Dabei packte sie Ines heftig am Handgelenk und redete in der gespielten Verwirrung ihres Anfalles weiter, wie, gleich nachdem Zanga die Truhe mit ihren Kram zu ihr zurückgebracht hätte, ein Mann blutüberströmt ins Zimmer gestürzt sei, mit gezücktem Dolch. Und der schrie: »Ich habe einen Royalisten getötet, und deren Genossen suchen mich. Wenn du mich nicht rettest, so morden sie mich vor deinen Augen.«

»Da, da, das Blut auf meiner Hand!« unterbrach sich schreiend Sancha in ihrer Erzählung. »Sie wollen mich töten!«

»Erzähl weiter«, sagte Don Blas unbewegt.

»Don Ramos sagte zu mir, der Prior des Hieronymiterklosters sei sein Onkel, und erreiche er dessen Kloster, so wäre er gerettet. Da erblickte er die Truhe, aus der ich eben meine Spitzen nahm. Da packt er alles was noch darin ist, wirft es heraus und legt sich in die Truhe. ›Schließ sie ab‹, schreit er mir zu, ›und lass sie in das Kloster bringen, sofort.‹ Und er wirft mir eine handvoll Dukaten zu; da ist das Schandgeld; es graut mir davor ...«

»Genug Komödie«, sagte Don Blas.

»Ich hatte so Angst, er brächte mich um, täte ich nicht was er wollte. Er hatte immer noch den Dolch in der Hand, ganz blutig von dem Royalisten. Ich hatte solche Angst und ließ den Zanga rufen, der nahm die Truhe und trug sie nach dem Kloster. Ich hatte ...«

»Kein Wort mehr oder du bist des Todes«, sagte Don Blas, der fast merkte, dass Sancha nur Zeit gewinnen wollte.

Er winkte und Zanga wurde wieder hereingeführt. Sancha sah, wie der sonst so kaltblütige Don Blas ganz aus seiner Ruhe war. Es nagten die Zweifel an ihm über das Geschöpf, das er zwei Jahre lang für treu gehalten hatte. Die Hitze im Zimmer schien ihn zu beschweren, aber kaum war Zanga von zwei Häschern hereingeführt, stürzte er sich auf ... ckte ihn, schüttelte ihn.

Sancha erschrak ... den entscheidenden Augenblick nahe. Jetzt, dachte sie, geschieht es. Der Mensch entscheidet über unser Leben. Er ist mir wohl ergeben, aber weiß Gott, was er redet, erschreckt von dem Gespenst und von Don Fernandos Dolch.

Zanga schaute auf Don Blas mit blöden irren Augen und gab keine Antwort. Jetzt wird er ihn schwören lassen, dachte Sancha, und Zanga ist fromm; er wird keine Lüge wagen.

Der Umstand, dass Don Blas nicht in seinem Amtszimmer auf dem Richterstuhl saß, ließ ihn vergessen, den Zeugen zu vereidigen. Zanga, von der Gefahr, den Augen Sanchas und dem Übermaß seines eigenen Schreckens aufgerüttelt, begann zu sprechen. Ob aus Vorsicht oder wirklicher Verwirrtheit: was er sagte, war ganz verworren. Er sei kurz nachdem er die Truhe aus dem Palast des Polizeiministers zurückgebracht, von Sancha wieder gerufen worden, um sie abermals wegzuschaffen, und da wäre sie ihm viel schwerer vorgekommen. Er habe vor Erschöpfung nicht weiter können und die Truhe auf die Mauer gestellt. Da habe eine jammernde Stimme ihm etwas ins Ohr geflüstert und er sei davongelaufen.

Frage auf Frage stellte Don Blas, der sehr bedrückt schien. Es war spät in der Nacht, als das Verhör unterbrochen wurde; es sollte am nächsten Morgen wieder aufgenommen werden. Zanga hatte keine widerspruchsvollen Aussagen gemacht. Es war spät, und Sancha bat Ines um die Erlaubnis, in der kleinen Kammer neben ihrem Schlafgemach bleiben zu dürfen, wo sie früher immer geschlafen hätte. Don Blas überhörte wohl die wenigen Worte, welche die Frauen darüber sprachen, im Fortgehen.

Ines, zitternd für Fernandos Leben, ging zu Sancha in die Kammer.

»Don Fernando ist gerettet, aber Euer Leben, gnädige Frau, und das meine hängen an einem Fädchen. Don Blas hat Verdacht geschöpft. Morgen früh wird er Zanga einschüchtern und ihn durch einen Mönch, seinen Beichtvater, der ganz Herr über ihn ist, zum Reden bringen. Meine Geschichte konnte nur die erste Gefahr abwenden.«

»Ist es so, liebe Sancha, dann musst du auf der Stelle fliehen«, sagte Ines sanft wie immer und wie es schien nicht im Geringsten von dem Schicksal erregt, das ihrer harrte.

»Lass mich allein sterben. Ich sterbe glücklich, ich nehme ja Fernandos Wiedersehen mit; und dafür, dass ich ihn wiedersah nach zweier Jahren Trennung, ist der Tod kein zu hoher Preis. Ich befehle dir, mich sofort zu verlassen. Geh hinunter in den großen Hof; dort versteckst du dich nahe bei dem Tor. Sicher kannst du in der Frühe hinaus. Ich bitte dich nur um eines: Gib das Kreuz hier Don Fernando und sag ihm, ich segnete sterbend seinen Gedanken, von Mallorca zurückzukehren.«

Als frühmorgens die kleine Glocke zur ersten Messe erscholl, weckte Donna Ines ihren Gatten; sie wolle die Frühmesse im Clarissinnenkloster hören. War auch die Klosterkirche im Hause, ließ Don Blas, ohne ein Wort zu sagen, sie von vier seiner Leute begleiten.

In der Kirche kniete Donna Ines dicht an dem Gitter nieder, hinter dem die Nonnen der Messe beiwohnen. Und einen Augenblick darauf sahen die vier Wächter des Don Blas, wie sich das Gitter auftat. Donna Ines trat rasch in den so abgetrennten Raum und durch das Gitter, das sich wieder schloss; sie sagte den Wächtern, sie habe ein geheimes Gelübde getan, Nonne zu werden und würde das Kloster nie mehr wieder verlassen.

Don Blas forderte seine Gattin, aber die Äbtissin hatte bereits den Bischof verständigt und dieser sagte dem aufbegehrenden Polizeimeister mit väterlicher Güte:

»Es hat ohne Zweifel die erlauchte Donna Ines Bustos y Mosquera kein Recht, ihr Leben dem Herrn zu weihen, wenn sie Eure rechtmäßige Gattin ist. Aber Donna Ines fürchtet, ihre Ehe sei nicht rechtsgültig geschlossen worden.«

Einige Tage darauf fand man Ines, die mit ihrem Gatten in Rechtsstreit lag, in ihrem Bett von mehreren Dolchstößen durchbohrt tot auf. Und als Strafe für eine von Don Blas entdeckte Verschwörung wurden Ines' Bruder und Don Fernando auf dem Richtplatz von Granada geköpft.

Der Jude

»Ich war damals ein sehr schöner Mann ...«

»Sie sind es heute noch ...«

»Es ist schon ein Unterschied. Heute bin ich fünfundvierzig, damals war ich erst dreißig. Das war im Jahre 1814. Ich besaß nichts sonst als eine gute Figur und eine seltene Schönheit. Im übrigen war ich Jude, von euch Christen verachtet, ja sogar von den Juden, denn ich war lange Zeit außerordentlich arm gewesen.«

»Diese Verachtung ist das allergrößte Unrecht ...«

»Stürzen Sie sich nicht in die Kosten höflicher Redensarten. Ich bin heute Abend zum Plaudern aufgelegt, und ich bin entweder schweigsam oder ich rede ehrlich. Unser Schiff hatte gute Fahrt, die Brise ist köstlich, morgen früh sind wir in Venedig ... Aber, um auf die Geschichte von der Verfluchung, von der wir sprachen, zu kommen und auf meine Reise in Frankreich: Im Jahr 1814 liebte ich das Geld wie ein Toller. Es ist die einzige Leidenschaft, die ich je an mir erfahren habe.

Ich hausierte den ganzen Tag lang in den Gassen Venedigs mit einem kleinen Kasten, auf dessen Deckel ich Goldarbeiten ausgelegt hatte. Aber in einer verborgenen Schublade hatte ich Wollstrümpfe, Taschentücher und anderes englisches Gut, Konterbande natürlich. Beim Tode meines Vaters, beim Begräbnis, sagte einer meiner Onkel zu jedem von uns, wir waren unsrer drei, dass uns ein Kapital von fünf Franken bliebe. Mein guter Onkel schenkte mir einen Napoleondor dazu. In der Nacht rückte meine Mutter aus und nahm einundzwanzig Franken mit; es blieben mir nur mehr vier übrig. Ich stahl einer meiner Nachbarinnen einen Geigenkasten aus dem Rumpelkram, in den sie ihn schon gestellt hatte. Dann kaufte ich mir acht Taschentücher von roter Leinwand. Kosteten mich zehn Soldi. Ich verkaufte sie um elf Soldi. Viermal verkaufte ich am ersten Tage meinen Laden aus, an Matrosen in der Nähe des Arsenals. Der Kaufmann, erstaunt über meinen Betrieb, fragte mich, warum ich nicht ein Dutzend auf einmal kaufte, denn es war von seinem Laden bis zum Arsenal eine gute halbe Meile Wegs. Ich gestand ihm, nicht mehr als vier Franken zu besitzen, weil mich meine Mutter um einundzwanzig bestohlen habe … Er gab mir einen gewaltigen Fußtritt, der mich aus dem Laden warf.

Nächsten Morgen um acht war ich trotzdem wieder da. Ich hatte die acht Tücher vom Tag vorher bereits am Abend verkauft. Es war warm, und ich hatte unter den Prokuratien geschlafen, hatte gegessen, guten Chioswein getrunken und besaß noch fünf Soldi Handelsgewinn von gestern. So lebte ich von 1800 bis 1814. Ich stand, wie es schien, in Gottes Huld.«

Und der Jude entblößte mit zärtlicher Ehrfurcht sein Haupt.

»Der Handel gedieh so sehr, dass ich wiederholt mein Kapital an einem Tage verdoppelte. Nahm manchmal eine Gondel und verkaufte Strümpfe an die Matrosen an Bord. Aber schon fand, seit ich ein kleines Sümmchen zusammengebracht hatte, meine Mutter oder meine Schwester einen Vorwand, um sich mit mir auszusöhnen und mir das Geld wegzunehmen. Einmal führten sie mich zu einem Goldschmied, kauften Ohrringe, ein Halsband, verschwanden angeblich für einen Augenblick, kamen aber nicht wieder und ließen mich in der Klemme. Der Goldschmied verlangte fünfzig Franken; ich begann zu weinen, hatte nur vierzehn Franken bei mir; ich gab ihm den Platz an, wo ich meinen Kasten stehen hatte. Er schickte hin, und während ich meine Zeit bei dem Goldschmied verlor, hatte meine Mutter mir auch meinen Kasten gestohlen. Der Goldschmied verprügelte mich mächtig.

Als er dessen müde geworden, erklärte ich ihm, er solle mir meine vierzehn Franken lassen und mir einen kleinen Tisch mit Schubladen leihen; in dem würde ich einen doppelten Boden einbauen. Ihm zehn Soldi den Tag zu bezahlen verbürgte ich mich und hielt es auch. Schließlich vertraute mir der Mann Ohrringe bis zum Werte von zwanzig Franken an, aber er gestattete mir nur fünf Soldi Profit auf das Paar.

1805 hatte ich ein Kapital von tausend Franken. Da bedachte ich unser Gebot, das uns die Ehe vorschreibt, und wollte diese Pflicht erfüllen. Zu meinem Unglück verliebte ich mich in ein Mädchen unseres Stammes, namens Stella. Zwei Brüder hatte sie, einen Furier in der französischen Armee, der andre Kassendiener beim Zahlmeister. Alle drei bewohnten gemeinsam ein Zimmer im Erdgeschoß nach San Paolo zu, und die Brüder setzten das Mädchen oft nachts auf die Gasse. Da traf ich sie eines Abends weinend und hielt das hübsche

Mädchen für eine Dirne. Ich bot ihr an, ihr für zehn Soldi Chioswein zu bezahlen. Da weinte sie noch stärker. Ich nannte sie eine Gans und ging.

Aber sie war mir so hübsch vorgekommen! Tags darauf zur selben Stunde, so gegen zehn Uhr abends, nach Schluss meines Geschäftes am Markusplatz, ging ich wieder dort vorbei, wo ich sie abends zuvor getroffen hatte. Sie war nicht da. Drei Tage später hatte ich mehr Glück. Ich redete lange in sie hinein, aber sie stieß mich mit Abscheu von sich weg.

Wahrscheinlich hat sie mich schon mit meinem Schmuckkasten gesehen, dachte ich, und möchte gern von meinen Colliers was geschenkt haben, aber daraus, mein Kind, wird nichts. Ich zwang mich also, die Gasse zu meiden. Aber gegen meinen Willen und fast ohne es mir zu gestehen, begann ich das Weintrinken zu lassen und legte jeden Tag das dadurch ersparte Geld beiseite. Ja, ich war noch viel verrückter, – ich steckte dieses ersparte Geld nicht in mein Geschäft! Und damals, mein lieber Herr, verdreifachte sich mein Vermögen in jeder Woche!

Mit zwölf zusammengesparten Franken, so viel kostete mein gewöhnlichstes Goldkettchen, ging ich öfter durch Stellas Gasse. Und traf sie endlich. Sie wies meine galanten Vorschläge entrüstet ab. Aber ich war der hübscheste Bursche in Venedig. Während unserer Unterhaltung sagte ich ihr, dass ich seit drei Monaten keinen Wein trinke, um das Geld zu sparen, das eine meiner Halsketten koste und ihr eine schenken zu können. Sie sagte nichts darauf, aber fragte mich um Rat wegen eines Unglücks, das ihr seit unserer ersten Begegnung passiert war.

Ihre Brüder hatten die Goldstücke, die sie sich verschaffen konnten, gefeilt und beschnitten. Dafür war der Furier ins Gefängnis gesteckt worden, und der andere, der Kassendiener bei dem Pagatore, wollte, aus Angst, Verdacht zu wecken, nicht einen Schritt zugunsten seines Bruders tun. Stella bat mich nicht, nach der Zitadelle zu gehn, und ich selber sprach das Wort nicht aus, aber ich bat sie, mich am nächsten Abend zu erwarten.«

»Sie kommen«, sagte ich, »recht weit ab von der Verfluchung, deren Opfer Sie in Frankreich geworden sind.«

»Sie haben recht«, sagte der Jude, »aber wenn ich nicht in wenigen Worten die Geschichte meiner Heirat zu Ende erzählen darf, ganz kurz, so schweig ich lieber. Ich weiß nicht, weshalb ich gerade heute so gern von Stella spreche. Also es gelang mir mit nicht geringer Mühe, den Bruder Furier entwischen zu lassen. Die Brüder versprachen mir die Hand ihrer Schwester und ließen ihren Vater kommen, einen armen Juden in Innsbruck. Ich hatte ein Zimmer gemietet und glücklicherweise voraus bezahlt; auch ein paar Möbel konnte ich hineinstellen. Mein Schwiegervater lief zu allen seinen Verwandten in Venedig und kündigte ihnen an, dass er seine Tochter verheirate ... Endlich, aber nach einem Jahre Sorgen und Arbeit, ging er, am Vorabend der Hochzeit, durch, mit mehr als sechshundert Franken, die er bei seinen Verwandten als unsere Mitgift aufgebracht hatte. Er, seine Tochter und ich, wir waren nach Murano gefahren, und da verschwand er. In der Zwischenzeit stahlen meine Schwäger alle Möbel aus meinem Zimmer, die unglücklicherweise noch nicht einmal ganz bezahlt waren.

Mein Kredit war ruiniert. Meine Schwäger, seit einem Jahr immer in meiner Gesellschaft gesehen, waren zu meinen Lieferanten gelaufen und hatten ihnen vorgelogen, ich wäre in Chiazza, wo ich glänzende Geschäfte mache und von dort aus habe ich sie beauftragt, Waren zu fassen ... mit einem Wort, es war ihnen mit allerlei Schwindeleien gelungen, für mehr als zweihundert Franken zu stehlen. Ich sah, dass ich mich aus Venedig retten musste. Stella brachte ich als Kindermädchen bei dem Goldschmied unter, für den ich hausierte.

Andern Tags frühmorgens gab ich nach erledigten Geschäften Stella zwanzig Franken. Sechs behielt ich nur für mich und ergriff die Flucht. Nie war ich ruinierter gewesen und galt obendrein für einen Dieb. In meiner Verzweiflung hatte ich den glücklichen Gedanken, von Padua aus den von meinen Schwägern bestohlenen Venetianer Kaufleuten die Wahrheit zu schreiben. Am nächsten Tag wusste ich, dass ein Haftbefehl gegen mich erlassen war. Die Gendarmerie des Königreichs Italien ließ nicht mit sich spaßen.

Ein berühmter Paduaner Advokat war blind geworden und brauchte einen Diener, der ihn führte, aber sein Unglück hatte ihn so boshaft gemacht, dass er jeden Monat den Diener wechselte. ›Ich wette, der wird mich nicht wegjagen‹, sagte ich mir, trat in seinen Dienst und erzählte ihm am nächsten Tage, als er sich, da kein Besuch kam, langweilte, meine ganze Geschichte. ›Wenn Sie mich nicht retten‹, sagte ich ihm, ›so wird man mich in diesen Tagen festnehmen.‹ –

›Mir meinen Diener arretieren? Das werde ich zu verhindern wissen‹, sagte mein Blinder.

Kurz und gut, ich gewann mir seine Gunst. Er ging früh zu Bett und er erlaubte mir nach einiger Zeit, dass ich ein bisschen hausierte in den Cafés von Padua, so zwischen acht Uhr abends, wo er schlafen ging, bis zwei Uhr des Nachts, wo die reichen Leute das Café verlassen.

Ich kratzte in achtzehn Monaten zweihundert Franken zusammen und verlangte meinen Abschied. Dass ich in seinem Testament mit einem beträchtlichen Kapital bedacht sei, nie aber seinen Dienst verlassen dürfe, war seine Antwort. ›Wenn es so ist‹, dachte ich mir, ›weshalb hast du mich dann hausieren lassen?‹ Ich rückte aus. Zahlte meine Gläubiger in Venedig aus und heiratete Stella. Ich brachte ihr den Hausierhandel bei – jetzt versteht sie sich besser darauf als ich.«

»Wie, Madonna Filippo ist Ihre Frau?«

»Ist meine Frau, und jetzt kommt endlich die Geschichte meiner Reisen und dann die Verfluchung.

Ich besaß mehr als hundert Louis Kapital. Ich will die Geschichte meiner neuerlichen Aussöhnung mit meiner Mutter nicht erzählen und wie sie mich wieder bestahl und dann mich von meiner Schwester bestehlen ließ. Ich verließ Venedig, da ich sah, dass ich, solange ich dort blieb, das hereingelegte Opfer meiner Familie bleiben würde. Ich ließ mich in Zara nieder, wo ich Wunder verrichtete.

Ein kroatischer Hauptmann, dem ich eine Partie Monturen für seine Kompanie geliefert hatte, sagte eines Tags zu mir: ›Filippo, wollt Ihr Geld verdienen? Wir gehen zusammen nach Frankreich. Merkt Euch das eine: Ich bin, aber man darf's nicht wissen, ein Freund des Baron Bradal, unseres Regimentskommandeurs. Ihr werdet viel verdienen, aber das Geschäft ist nur Vorwand; der Oberst, mit dem ich angeblich entzweit bin, hat mir alle Lieferungen für das Regiment übertragen. Ich brauche einen intelligenten Menschen, und Ihr seid mein Mann.‹ So sagte der Hauptmann. Was wollen Sie, lieber Herr, ich machte mir nichts mehr aus meiner Frau.«

»Was«, sagte ich, »die arme Stella, der Sie so treu waren?«

»Tatsache ist, dass ich nur mehr das Geld liebte, und wie ich es liebte, weiß Gott!«

Die Zuhörer mussten lachen, so viel wahre Leidenschaft lag in dem Ausruf des Juden.

»Ich wurde also Marketender und verließ Zara. Am achtundvierzigsten Tag unseres Marsches erreichten wir den Simplon. Aus den fünfhundert Franken, die ich aus Zara mitgenommen hatte, waren bereits fünfzehnhundert geworden und ich war zudem Besitzer eines hübschen Planwagens und zweier Zugpferde. Am Simplon begann mein Jammer. Ich verlor fast mein Leben, verbrachte mehr als zweiundzwanzig Nächte unter freiem Himmel in der Kälte.«

»Sie mussten biwakieren?«

»Ich verdiente täglich fünfzig bis sechzig Franken, aber jede Nacht riskierte ich mein Leben in der eisigen Kälte. Endlich hatte die Armee das entsetzliche Gebirge hinter sich. Wir rückten in Lausanne ein, wo ich mich mit Monsieur Perrin zusammentat. Ein braver Mann, war das ein braver Mann! Er war Branntweinhändler. Ich kann in sechs Sprachen verkaufen, er verstand sich auf den Einkauf. Ein ganz vortrefflicher Mann war das! Nur war er etwas zu heftig. Wollte ein Kosak seine Zeche nicht bezahlen und war der allein in der Kantine, da schlug ihn Herr Perrin blutig. ›Aber Herr Perrin, lieber Freund‹, sagte ich zu ihm, ›wir verdienen hundert Franken im Tag, was macht es schon, dass ein Betrunkener uns um zwei, drei Franken prellt?‹ – ›Ich halt’ es einfach nicht aus‹, gab er zur Antwort, ›ich kann die Kosaken einmal nicht leiden.‹ – ›Dann werden sie sich rächen und uns umbringen. Wann läuft übrigens unsere Geschäftsverbindung ab, Herr Perrin, lieber Freund?‹

Die französischen Marketender trauten sich gar nicht mehr ins Lager, denn man bezahlte sie nicht. Wir aber machten glänzende Geschäfte. Bei unserer Ankunft in Lyon hatten wir 14.000 Franken in unsrer Kasse. In Lyon trieb ich aus Mitleid für die armen französischen Kaufleute Schmuggel. Sie hatten sehr viel Tabak vor dem Tore Saint-Clair lagern; sie kamen und baten mich, ihn in die Stadt zu bringen; ich sagte ihnen, sich zweimal vierundzwanzig Stunden zu gedulden, bis der Oberst, mein Freund, den Dienst habe. Dann packte ich fünf Tage hintereinander meinen Planwagen mit Tabak voll. Am Tor schimpften die französischen Beamten, trauten sich aber nicht, mich zu arretieren. Am fünften Tag bekam ich von einem, der betrunken war, Prügel; ich hieb auf mein Pferd ein und wollte weiterfahren; aber als die andern Beamten mich prügeln sahen, verhafteten sie mich. Ich war blutüberströmt und verlangte, vor den Wachhabenden geführt zu werden. Der war von unserm Regiment, wollte mich aber nicht kennen und schickte mich ins Gefängnis. Man wird meinen Wagen ausplündern, sagte ich mir, und die armen Händler sind die Opfer. Auf dem Weg in den Prison gab ich meiner Eskorte zwei Taler, damit sie mich vor den Oberst führe. Der Oberst beschimpfte mich vor den Soldaten und drohte mir, mich aufknüpfen zu lassen.

Aber sobald wir allein waren, sagte er: ›Nur den Mut nicht verloren. Morgen leg ich einen andern Kapitän auf Wache nach der Porte Saint-Clair, und statt eines Wagens kannst du zwei mitnehmen.‹ Aber ich hatte keine Lust, und gab ihm zweihundert Zechinen als sein Anteil. ›Was‹, sagte er, ›für ein solches Lumpengeld machst du dir solche Mühe?‹ – ›Man muss doch mit den armen Kaufleuten Erbarmen haben‹, antwortete ich.

Meine und Herrn Perrins Geschäfte gingen herrlich bis Dijon. Aber hier verloren wir in einer Nacht mehr als 12.000 Franken. Der Tagesverkauf war glänzend gewesen; es war große Parade, wir die einzigen Marketender; die Bareinnahme betrug um tausend Franken. Um Mitternacht, alles schlief schon, wollte so ein verfluchter Kroate weggehen ohne Bezahlung. Freund Perrin springt auf ihn, der allein war, los und prügelt ihn blutig. ›Herr Perrin, du bist toll‹, sag' ich, ›der Mann hat für sechs Franken getrunken, das stimmt, aber wenn er die Kraft hat, zu schreien, kommen wir in Unannehmlichkeiten.‹ Herr Perrin hatte den Kroaten schon halbtot vor die Tür geworfen, wo er nach kurzer Weile, da er nur betäubt war, zu brüllen begann, dass ihn die Soldaten des nächsten Biwaks hörten und ihm zu Hilfe kamen. Als sie ihn blutig sahen, schlugen sie die Tür unserer Kantine ein, wobei Perrin, der sich zur Wehr setzen wollte, acht Säbelhiebe abbekam.

Ich sagte zu den Soldaten: ›Ich bin unschuldig, er ist an allem schuld; bringt mich vor den Oberst des kroatischen Regimentes.‹ – ›Jawohl, deinetwegen werden wir den Oberst wecken‹, sagte ein Soldat. Ich konnte nichts tun, unsere unglückliche Butike wurde alsbald von ein paar tausend Soldaten gestürmt. Die Offiziere, die draußen standen, konnten nicht eindringen, Ruhe herzustellen. Herrn Perrin glaubte ich für tot; ich war in einem jämmerlichen Zustand. Man plünderte bei uns für mehr als 12.000 Franken Wein und Branntwein.

Gegen Morgen gelang es mir, zu entkommen, und da gab mir mein Oberst vier Mann, Herrn Perrin zu befreien, falls er noch am Leben war. Ich fand ihn in einem Wachzimmer und brachte ihn zu einem

Feldscher. ›Wir müssen uns trennen, Herr Perrin, mein Freund‹, sagte ich zu ihm, ›du bringst mir sonst noch den Tod.‹ Er machte mir arge Vorwürfe, dass ich ihn verlassen und alle Schuld auf ihn geschoben hätte, aber es war dies nach meiner Meinung das einzige Mittel, der Plünderung Einhalt zu tun.

Nun setzte mir aber Herr Perrin so lange zu, dass wir uns zum andern Male zusammentaten. Wir bezahlten ein paar Soldaten dafür, dass sie unsere Kneipe bewachten. In zwei Monaten hatten wir jeder 12.000 Franken verdient. Unglücklicherweise tötete Herr Perrin im Duell einen unserer Wachsoldaten. ›Du bringst mir noch den Tod‹, sagte ich ihm und verließ diesen armen Herrn Perrin. Ein anderes Mal erzähl ich, wie er ums Leben kam.

Ich ging zurück nach Lyon, wo ich sehr billig, ich kenne mich aus in jedem Handel, Uhren und Diamanten kaufte. Es ist so. Setzen Sie mich mit fünfzig Franken in irgendein Land, ich verdreifache nach drei Monaten mein Kapital und habe auch noch gelebt.

Ich versteckte meine Diamanten in einem geheimen Fach, das ich mir in meinem Wagen anbringen ließ. Das Regiment war nach Valenoe und Avignon abmarschiert, und ich folgte ihm nach dreitägigem Aufenthalt in Lyon.

So komm ich also eines Tages in Valence gegen acht Uhr abends an. Es war dunkel und regnete. Ich klopfe an eine Herberge, keine Antwort. Ich klopfe stärker und bekomme Antwort, hier wäre kein Quartier für einen Kosaken. Ich klopf nochmals, und man wirft vom zweiten Stockwerk Steine auf mich. Es ist klar, sagte ich mir, ich werde diese Nacht in der verfluchten Stadt sterben. Wo der Platzkommandant war, wusste ich nicht und kein Mensch wollte es mir sagen, keiner mich hinführen. Der Kommandant wird im Bett liegen, sagte ich mir, und mich nicht vorlassen wollen.

Lieber als sterben, wollte ich etwas von meiner Ware opfern; gab also einer Schildwache ein Glas Schnaps; es war ein Ungar. Wie er mich ungarisch reden hört, bekommt er Mitleid und heißt mich warten, bis er abgelöst würde. Ich kam um vor Kälte. Endlich kam die Ablösung. Ich gab dem Korporal Schnaps und schließlich der ganzen Wachmannschaft, und da führte mich der Sergeant zum Kommandanten.

Ein Ehrenmann, der Kommandant, ein Ehrenmann! Ich kannte ihn nicht, aber er ließ mich gleich vor. Erklärte ihm, dass mir aus

Hass gegen den King kein Wirt für Geld ein Nachtlager geben wolle. ›So? Dann sollen sie es Euch umsonst geben‹, sagte der vortreffliche Mann, gab mir einen guten Quartierzettel für zwei Nächte zusamt vier Mann für meine Begleitung. Ich kehrte also zu der Herberge auf dem großen Platz zurück, wo man Steine auf mich geworfen hatte und schlug an die Tür. Ich rief auf französisch, das ich sehr gut spreche, ich hätte vier Mann bei mir, und öffnete man mir nicht, würde ich das Tor einschlagen. Keine Antwort. Da holten wir uns einen großen Pflock und machten uns dran, das Tor einzustoßen. Mit dieser Arbeit waren wir zur Hälfte fertig, als die Tür heftig aufriss, ein großer Kerl dastand, von sechs Fuß Höhe, einen Säbel in der einen, ein Kerzenlicht in der andern Hand. Da wird es eine Schlägerei geben, und inzwischen plündert man mir meinen Karren, dachte ich. Trotzdem ich einen Frei-Quartierzettel hatte, rief ich: ›Ich zahle Ihnen, wenn Sie wollen, im voraus.‹ – ›Was, du bist's, Philipp?‹ rief der Mensch, schmiss seinen Säbel hin und fiel mir um den Hals. ›Kennst du denn Bonnard nicht mehr, den Korporal vom 20. Regiment?‹ Ich umarmte den Mann und schickte die Soldaten fort. Bonnard hatte sechs Monate bei meinem Vater in Vicenza gewohnt. ›Ich geb dir mein Bett‹, sagte er. ›Ich sterbe vor Hunger‹, antworte ich, ›seit drei Stunden laufe ich in Valence herum.‹ – ›Ich wecke meine Magd und gleich wirst du was zum Essen haben.‹ Ich ging mit Bonnard in den Keller, wo er unter einer Sandschicht ein paar vortreffliche Flaschen hervorzog. Während wir tranken und auf das Essen warteten, erschien ein großes schönes Mädchen von etwa achtzehn Jahren.

›Ah, du bist aufgestanden‹, rief Bonnard, ›um so besser. Das ist nämlich meine Schwester, Freund Philipp, du musst sie heiraten, du bist ein hübscher Bursch und ich gebe ihr sechshundert Franken Mitgift.‹ – ›Ich bin verheiratet‹, sagte ich. ›Du verheiratet? Das glaub dir, wer mag. Und wo ist sie denn, deine Frau?‹ – ›In Zara, wo sie Hausierhandel treibt.‹ – ›Dann lass sie zum Teufel gehn mit ihrem Kram. Lass dich in Frankreich nieder, und da heiratest du meine Schwester, weit und breit das schönste Mädchen.‹

Katharine war wirklich sehr hübsch. Sie schaute mich mit großen Augen an. ›Der Herr ist Offizier?‹ fragte sie, von einem schönen Pelz getäuscht, den ich mir anlässlich der Parade in Dijon gekauft hatte. ›Nein, Fräulein, ich bin Marketender im Hauptquartier und habe zweihundert Louis bei mir, ich kann wohl sagen, es gibt nicht viele

Offiziere, die das sagen können.‹ Ich besaß mehr als sechshundert Louis, aber man muss vorsichtig sein.

Kurz, was soll ich Ihnen sagen? Bonnard ließ mich nicht fort. Er mietete mir eine kleine Kantine neben der Wachtstube am Stadttor, wo ich an unsere Soldaten verkaufte. Und obwohl ich nicht mehr im Gefolge der Armee war, verdiente ich an manchen Tagen meine acht bis zehn Franken. Und Bonnard immer wieder: ›Du heiratest meine Schwester.‹ So allmählich hatte Katharine sich angewöhnt, mich in meiner Kantine aufzusuchen; oft blieb sie drei, vier Stunden bei mir. Und ich verliebte mich schließlich ganz närrisch in sie und sie noch weit mehr in mich, aber Gott gab uns die Gnade, dass wir brav blieben. ›Wie denn kann ich dich heiraten‹, sagte ich ihr, ›ich bin doch verheiratet.‹ – ›Hast du deiner Frau in Zara nicht alle deine Waren gelassen? Da hat sie doch ihr Auskommen, und du bleibst bei uns. Tu dich zusammen mit meinem Bruder oder führe dein Geschäft allein weiter, es geht gut und es wird noch besser gehen.‹

Ich muss Ihnen sagen, dass ich in Valence Bankgeschäfte machte, indem ich gute Wechselbriefe auf Lyon von den Besitzern, die Bonnard kannte, akzeptiert, kaufte. Bloß mit dem Bankgeschäft verdiente ich zuweilen hundert bis hundertzwanzig Franken in der Woche.

So blieb ich also in Valence bis in den Herbst. Was sollte ich anfangen? Ich starb danach, Katharine zu heiraten, und hatte ihr aus Lyon ein Kleid und einen Hut kommen lassen. Wenn wir mit dem Bruder als Dritten spazierten, schaute alles auf Katharine; sie war wirklich das schönste Mädchen, das ich in meinem Leben gesehen habe. ›Wenn du mich wegen deiner Frau nicht heiraten willst, dann bleibe ich bei dir als Magd, nur verlass mich nie.‹ So sagte sie oft.

Des Morgens ging sie vor mir in die Kantine, um mir das frühe Aufstehen und das Aufmachen zu ersparen. Wie gesagt, ganz verrückt verliebt war ich in sie und sie nicht weniger in mich. Aber in der einen Hinsicht hatten wir nichts miteinander. Wir waren keusch.

Im Spätherbst des Jahres 1814 verließen die Verbündeten Valence.

Da sagte ich zu Bonnard: ›Die Wirte der Stadt können mich ganz gut umbringen; sie wissen, dass ich hier Geld verdient habe.‹ – ›Geh, wenn du willst‹, sagte Bonnard aufseufzend, ›wir halten niemanden, aber wenn du bei uns bleiben und meine Schwester heiraten willst, so gebe ich ihr mein halbes Vermögen, und wenn dir einer was will, so lass mich nur machen.‹

Dreimal verschob ich den Tag meiner Abreise. Endlich musste es sein; die letzten Truppen der Nachhut waren schon in Lyon. Wir weinten alle drei die letzte Nacht durch. Katharine, ich und der Bruder. Was soll ich Ihnen sagen? Ich verscherzte mein Glück damit, dass ich nicht bei der Familie blieb. Aber Gott wollte nicht mein Glück. Am 7. November 1814 brach ich auf. Nie werde ich den Tag vergessen. Ich konnte meinen Wagen nicht selber fahren, musste mir einen Kutscher halbwegs bis Vienne nehmen.

Zwei Tage nach meiner Abreise, ich spanne in Vienne gerade mein Pferd ein, wer kommt zur Herberge? Katharine, und fiel mir sogleich um den Hals. Sie war in dem Gasthof bekannt und angeblich gekommen, um eine Tante in Vienne zu besuchen. ›Ich will deine Magd sein‹, wiederholte sie immer wieder unter Tränen, ›aber wenn du mich nicht magst, dann werfe ich mich in die Rhone.‹

Das ganze Wirtshaus versammelte sich um uns. Die sonst immer so zurückhaltend war und mir vor Leuten nie ein Wort sagte, redete und weinte hemmungslos und küsste mich vor aller Welt. Ich brachte sie rasch auf meinen Karren und wir fuhren ab. Eine viertel Meile außerhalb der Stadt hielt ich. ›Wir müssen uns hier Lebewohl sagen‹, sprach ich. Sie sagte kein Wort mehr, presste meinen Kopf in ihre Hände und war ganz aufgelöst in Schluchzen und Krämpfen. Ich bekam Angst. Ich sah, sie würde sich in den Fluss stürzen, wenn ich sie zurückschickte. ›Aber ich bin doch verheiratet‹, wiederholte ich ihr immer wieder, ›verheiratet vor Gott und den Menschen.‹ – ›Ich weiß, ich will deine Magd sein.‹

Wohl an die zehnmal hielt ich zwischen Vienne und Lyon meinen Wagen an; sie konnte mich nicht verlassen. Komme ich mit ihr über die Rhonebrücke, sagte ich mir, so ist es ein Zeichen von Gottes Willen.

Um die Wahrheit zu sagen, ich merkte es gar nicht, dass wir die Brücke bei Guillotiere passierten und nach Lyon kamen. Im Gasthof hielt man uns für Mann und Frau und gab uns nur ein Zimmer.

In Lyon machte sich eine zu große Zahl von Wirten Konkurrenz, und ich nahm darum wieder den Handel mit Uhren und Edelsteinen auf. Zehn Franken verdiente ich damit im Tage, und Katharine hielt so gut Wirtschaft, dass wir nicht mehr als vier verbrauchten. Ich nahm eine Wohnung, die wir uns hübsch einrichteten. Ich besaß damals 18.000 Franken, die mir im Bankgeschäft 1.500 bis 1.800 einbrachten.

Ich war nie reicher gewesen als in den achtzehn Monaten, die ich mit Katharine zusammen lebte. Ich war so reich, dass ich mir einen kleinen Luxuswagen kaufen konnte, in dem wir jeden Sonntag Ausflüge in die Umgebung machten.

Da besuchte mich eines Tages ein Jude aus meiner Bekanntschaft, bat mich, den Wagen einzuspannen, und ihn so zwei Meilen die Stadt hinauszufahren. Da sagte er mir dann: ›Philippo, du hast ein Weib und einen Sohn, sie sind unglücklich.‹ Und gab mir einen Brief von meiner Frau, worauf er verschwand. Ich kehrte allein nach Lyon zurück.

Diese zwei Meilen dünkten mich eine Ewigkeit. Der Brief meiner Frau war voller Vorwürfe, die mich aber weit weniger berührten, als der Gedanke, meinen Sohn verlassen zu haben. Ich sah aus dem Brief, dass meine Geschäfte in Zara recht gut gingen. Aber dass ich meinen Sohn verlassen hatte, der Gedanke tötete mich.

Kein Wort konnte ich an dem Abend sprechen, und Katharine merkte es. Aber sie hatte ein so gutes zartfühlendes Herz. Drei Wochen vergingen, ohne dass sie mich nach dem Grund meines Kummers gefragt hätte. Und ich sagte ihn ihr erst, als sie mich fragte. ›Ich habe einen Sohn.‹ – ›Das ahnte ich‹, sagte sie, ›wir wollen abreisen, ich will in Zara deine Magd sein.‹ – ›Unmöglich, meine Frau weiß alles, lies den Brief.‹ Katharine wurde tiefrot über die Schmähungen, die meine Frau in dem Brief über sie schrieb, und über den verächtlichen Ton, in dem sie von ihr sprach, ohne sie zu kennen. Ich küsste sie, tröstete sie so gut ich vermochte. Aber was wollen Sie, lieber Herr, was soll ich Ihnen sagen; die drei Monate, die ich seit dem unseligen Brief noch in Lyon verbrachte, waren eine Hölle; denn ich konnte zu keinem Entschluss kommen.

Eines Nachts sagte ich mir: Wenn ich auf der Stelle abreiste? Katharine lag tief schlafend an meiner Seite. Und sowie ich einmal diesen Gedanken gefasst hatte, fühlte ich es wie Balsam in meiner Seele. Das muss eine Erleuchtung Gottes sein, dachte ich. Aber wie ich Katharine anblickte, musste ich mir sagen: Es ist ein Wahnsinn. Du darfst das nicht tun.

Darauf verließ mich sofort Gottes Gnade; ich fiel in meinen bittern Gram zurück. Ohne zu wissen, was ich tat, zog ich mich leise an, immer die Augen auf Katharine gerichtet.

Meine ganze Kasse war im Bett versteckt; in der Kommode ein Betrag von 500 Franken für eine andern Tags zu leistende Zahlung. Diesen Betrag nahm ich zu mir, ging die Treppe hinunter und in die Remise, wo mein Planwagen stand. Ich lieh mir ein Pferd und fuhr ab.

Jeden Augenblick wandte ich mich um; Katharine wird mir nachlaufen, dachte ich immer, und wenn ich sie sehe, dann bin ich verloren.

Um von dieser Angst etwas befreit zu sein, nahm ich zwei Meilen hinter Lyon die Post. In meiner Verwirrung machte ich mit einem Fuhrmann ab, dass er meinen Wagen nach Chambéry fahre; denn ich brauchte ihn doch offensichtlich nicht; was mich dazu veranlasste, dessen erinnere ich mich nicht mehr. In Chambéry eingetroffen, fühlte ich die ganze Bitternis meines Verlustes. Ich ging zu einem Notar und ließ ihn eine Schenkungsurkunde all meiner Habe in Lyon zu Gunsten von Frau Katharine Bonnard, meiner Gattin, ausfertigen. Ich dachte an ihre Ehre und an unsere Nachbarn.

Der Notar war bezahlt, ich hatte meine Urkunde, fand aber nicht Kraft, an Katharine zu schreiben. Ich ging also wieder zu dem Notar zurück, der in meinem Namen an Katharine schrieb; einer seiner Schreiber ging mit mir zur Post und gab Brief und Akt vor meinen Augen auf. In einer schmutzigen Kneipe ließ ich auch noch an Bonnard einen Brief nach Valence schreiben. Darin benachrichtigte man ihn in meinem Namen von der Schenkung, die sich auf mindest 14.000 Franken belief, weiter noch, dass seine Schwester in Lyon schlimm erkrankt sei und ihn erwarte. Ich habe nie mehr von den Geschwistern etwas gehört.

Meinen Wagen fand ich am Fuß des Mont-Cenis. Ich kann mich nicht erinnern, weshalb ich so an dem Wagen hing, der, wie Sie gleich sehen werden, die unmittelbare Ursache meines Unglücks wurde.

Der wahre Grund meines Unglücks war ohne Zweifel ein furchtbarer Fluch, den Katharine mir nachgeworfen. Lebhaft und leidenschaftlich, wie sie war, jung, zwanzig Jahre zählte sie damals, schön und unschuldig; denn außer für mich, dem sie dienen und den sie ehren wollte als ihren Gatten, hatte sie nie eine Schwäche gehabt; es fand wahrscheinlich ihre Stimme Gehör bei Gott, und sie bat ihn, mich streng zu strafen.

Ich kaufte mir einen Pass und ein Pferd. Wie ich auf den Gedanken kam, dass ich mich am Fuß des Mont-Cenis vor einer Grenze befand, das weiß ich nicht. Mir kam der Einfall, mit meinen fünfhundert Franken ein bisschen Schmuggel zu treiben. Ich kaufte Uhren, die ich in meines Wagens Geheimfach tat. Stolz fuhr ich am Zollhaus vorbei, wo man mir anzuhalten zurief. Ich hatte in meinem Leben so viel Konterbande getrieben, dass ich sicher und unbesorgt ins Zollhaus trat. Die Zollbeamten machten sich sofort über meinen Wagen her. Wahrscheinlich hatte mich der Uhrmacher verraten: man nahm mir alle meine Uhren ab, außerdem musste ich hundert Taler Strafe zahlen; ich gab ihnen fünfzig Franken, wofür sie mich gehen ließen. Ich besaß noch hundert Franken.

Das Unglück rüttelte mich auf. An einem Tag, in einem Augenblick von fünfhundert auf hundert Franken gebracht sein, wie geht das zu. Ich könnte ja, sagte ich mir, Pferd und Wagen verkaufen, aber bis nach Zara ist ein weiter Weg.

So quälten mich noch diese düstern Gedanken, als mich ein schreiend laufender Zollwächter einholte. ›Du musst mir noch zwanzig Franken geben, du jüdischer Hund, die andern droben haben mich begaunert; ich hab' nur fünf Franken bekommen statt zehn, und hab' dir außerdem noch nachlaufen müssen.‹ Es war fast Nacht, der Mensch war betrunken und beschimpfte mich. Ich werd' doch mein bisschen Geld nicht noch mehr vermindern, dachte ich.

Der Zollsoldat packte mich am Kragen. Der Böse versuchte mich. Ich gab dem Menschen einen Messerstich und warf ihn den Bergbach hinunter, gut fünfzehn bis zwanzig Fuß tiefer als die Straße. Es war das erste Verbrechen meines Lebens. Ich bin verloren, sagte ich mir.

In der Nähe von Suze hörte ich Lärm hinter mir. Ich gab meinem Pferd die Peitsche und es ging durch. Konnte es nicht mehr halten. Der Wagen schlug um, und ich brach mir das Bein. Katharine hat mich verflucht, sagte ich mir, der Himmel ist gerecht. Man wird mich als den Mörder erkennen und in zwei Monaten werde ich gehängt werden.

Nichts von all dem ist eingetroffen.«

Der Chevalier von Saint-Ismier

Man schrieb das Jahr 1640. Richelieu war, schlimmer als je, Herr Frankreichs. Sein eiserner Wille und seine Launen eines großen Mannes suchten jene turbulenten Geister zu beugen, die Krieg und Liebe mit der gleichen Leidenschaft trieben. Die Galanterie war noch nicht auf die Welt gekommen. Die Religionskriege und die um das Gold des düstern Philipp II. erkauften Fraktionen hatten in den Herzen ein Feuer entzündet, das der Anblick der auf Befehl Richelieus vom Rumpfe getrennten Köpfe noch nicht zum Erlöschen gebracht hatte. Reim Bauern, beim Edelmann, beim Bürger traf man auf eine Energie, die man in dem Frankreich nach den 72 Jahren Herrschaft Ludwig XIV. nicht mehr kannte. Im Jahr 1640 war der französische Charakter noch imstande, Energisches zu verlangen, aber die Tapfersten fürchteten den Kardinal; sie wussten ganz genau, dass man ihm nicht entginge, besäße man die Unbesonnenheit, im Lande zu bleiben, nachdem man ihn beleidigt hatte.

Solchem gab der Chevalier von Saint-Ismier seine Gedanken, ein junger Offizier aus einer der reichsten Adelsfamilien des Languedoc. An einem der schönsten Juniabende ritt er nachdenklich am rechten Dordogneufer hin, Moulons gegenüber. Er hatte nur einen Domestiken zur Begleitung. Er wusste, wagte er nach Bordeaux zu gehen, dass er es hier mit dem Kapitän Rochegude zu tun habe. Dieser Stadtgewaltige war eine Kreatur des Kardinals, und Saint-Ismier kannte die schreckliche Eminenz. Trotz seiner fünfundzwanzig Jahre hatte sich der junge Edelmann im deutschen Kriege rühmlichst ausgezeichnet. Aber da hatte er zuletzt auf dem Schloss einer Tante, die er beerben sollte, auf einem Balle Streit mit dem Grafen de Chaix bekommen, dem Verwandten eines Parlamentspräsidenten der Normandie und treu ergebenen Dieners des Kardinals, für dessen Rechnung er in seiner Körperschaft intrigierte. Alle Welt in Rouen wusste das, und so war der Präsident mächtiger als der Gouverneur selber. Darum beeilte sich Saint-Ismier auch, nachdem er den Grafen elf Uhr des Nachts unter einer Straßenlaterne getötet hatte, aus der Stadt hinauszukommen; er nahm nicht einmal Abschied von seiner Tante.

Auf der Höhe des Berges Sainte-Catherine versteckte er sich in dem Walde, der die Spitze damals noch krönte. Seinem Diener ließ er durch einen Bauern, dem er auf der Landstraße begegnet war, Nachricht zugehen. Der Diener nahm sich nur so viel Zeit, die Tante zu verständigen, dass der Chevalier sich sofort zu seinem Schutz auf das Schloss einer befreundeten Familie in die Nähe von Orleans begebe, und traf mit zwei Pferden im Walde ein. Kaum war er zwei Tage auf jenem Schlosse, als ein Kapuziner, ein Protegé des berühmten Pater Joseph und Freund des Schlossherrn, diesem einen Diener zuschickte, der in höchster Eile aus Paris gekommen war, auf zu Tode gehetzten Postpferden. Der Diener überbrachte einen Brief, der nichts als diese Worte enthielt:

»Ich kann nicht glauben, was man von Ihnen spricht. Ihre Feinde behaupten, Sie gäben einem Rebellen gegen Seine Eminenz Unterschlupf.«

Der arme Saint-Ismier musste aus dem Schlosse bei Orléans flüchten, wie er aus Rouen geflohen war. Der Schlossherr, sein Freund, suchte ihn auf der Jagd auf am andern Ufer der Loire, um ihm den schlimmen Brief zu übergeben. Der Chevalier nahm dankbaren Abschied und ging an den Fluss hinunter in der Hoffnung, da ein Boot zu finden; zu seinem Glück traf er auch einen Fischer, der in einem winzigen Kahn gerade sein Netz einzog. Er rief den Mann an.

»Meine Gläubiger sind hinter mir her. Du bekommst einen halben Louis, wenn du die ganze Nacht ruderst. Du musst mich nah meinem Haus ans Ufer setzen, eine halbe Meile vor Blois.«

Saint-Ismier fuhr die Loire hinunter bis ***; kamen sie an Städte, stieg er aus und ging zu Fuß durch; die Flucht währte Tag und Nacht. Seinen Diener mit den Pferden erreichte er erst bei ***, einem kleinen Dorf in der Nähe von ***. Dann ritt er die Küste entlang südwärts. Auf drängende Fragen ließ er verstehen, dass er ein protestantischer Edelmann und mit den Daubigné verwandt sei und darum ein bisschen verfolgt werde. So erreichte er ohne Abenteuer die Mündung der Dordogne. Wichtige Interessen riefen ihn nach Bordeaux, aber er fürchtete, wie gesagt, der Kapitän Rochegude habe bereits einen Verhaftsbefehl gegen ihn erhalten.

›Der Kardinal‹, sagte er sich, ›holt viel Geld aus der Normandie, die unter unsern Wirren am wenigsten gelitten hat. Der Präsident Lepoitevin ist das Hauptwerkzeug in seiner Hand, alle die Steuern einzutreiben, er wird sich recht wenig aus dem Leben eines Edelmanns wie mir machen, um des Preises der Staatsräson willen, die ihm zuruft:

Vor allem Geld! Mein Unglück ist gerade darum größer, dass der Kardinal mich kennt; ich habe nicht die Chance, vergessen zu werden.‹

Aber die Gründe, die ihn nach Bordeaux zu gehen zwangen, waren zu mächtig. Er setzte seinen Weg die Dordogne entlang fort und traf in dunkler Nacht hinter der Vereinigung mit der Garonne bei *** ein. Ein Fährmann setzte ihn, seine Pferde und den Diener aufs linke Ufer über. Hier hatte er das Glück, auf Weinhändler zu stoßen, die sich gerade vom Kapitän Rochegude einen Permiss zur nächtlichen Einfahrt nach Bordeaux gekauft hatten, da die Tageshitze ihrem Weine nicht bekomme. Der Chevalier warf seinen Degen auf einen ihrer Karren und fuhr um Mitternacht in Bordeaux ein, eine Peitsche in der Hand und im Gespräch mit einem der Fuhrleute. Einen Augenblick später ließ er einen Taler in die Tasche des Mannes gleiten, nahm ruhig seinen Degen und verschwand, ohne ein Wort zu sagen um eine Straßenecke.

Der Chevalier kam bis ans Kirchentor von Saint-Michel; hier ließ er sich auf den Stufen nieder.

›Da bin ich also in Bordeaux‹, sagte er sich. ›Was gebe ich für eine Antwort, wenn die Wachrunde mich fragt? Wenn diese Leute nicht gerade betrunkener sind als gewöhnlich, hat es wenig Aussicht auf Glauben, wenn ich ihnen sage, ich sei ein Weinhändler; die Antwort wäre neben den Fuhrwerken und den Fässern möglich gewesen. Ich hätte mir, bevor ich meine Pferde wegschickte, Bedientenkleider anziehen sollen, aber so angezogen wie ich bin, kann ich nichts andres sein als ein Edelmann; und als Edelmann errege ich die Aufmerksamkeit dieses Rochegude, der mich in die Feste Trompette steckt, und in zwei Monaten fällt mein Kopf auf dem Marktplatz, hier oder in Rouen. Wird mich mein Cousin, der Marquis von Miossens, der so vorsichtig ist, aufnehmen? Wenn er von meinem Zweikampf in Rouen nichts weiß, so wird er meine Ankunft mit Festen begehen wollen; er wird allen diesen Gaskognern sagen, ich sei ein Günstling des Kardinals. Weiß er aber, dass ich der Eminenz missfallen könnte, so wird er erst seinen Frieden finden, wenn er seinen Sekretär mit der Anzeige zu Rochegude geschickt hat. Es wäre nötig, zuerst zur guten Marquise zu gelangen, ohne dass ihr Mann von mir weiß. Aber sie hat Liebhaber, und der Marquis ist so eifersüchtig, dass er, wie man sagt, Duennen aus Spanien nach Paris kommen ließ zu ihrer ständigen Überwachung. Wir machten uns lustig über ihn, dass sein Bordeauleser

Haus bewacht sei wie eine Festung. Und dann, wie zu dem Haus gelangen, das sehr prächtig sein soll? Ich war nie in Bordeaux gewesen. Wie soll ich einem Passanten sagen: Zeigen Sie mir das Haus Miossens und wie ich ohne Wissen des Marquis hineinkomme? Das wäre verrückt. Sicher aber ist, bleibe ich hier bei den armseligen Häusern um die Kirche herum, besteht keine Aussicht, dem prächtigen Hause meines Cousins zu begegnen.‹

Die Turmuhr der Kirche schlug ein Uhr.

›Keine Zeit mehr zu verlieren‹, sagte sich der Chevalier. ›Warte ich hier den Tag ab, um dann in irgendein Haus zu treten, so hat Rochegude davon sofort Nachricht. In diesen Provinzstädten kennt einer den andern, besonders unter den Leuten gleichen Standes.‹

Der arme Chevalier machte sich also auf die Suche, sehr behindert von seiner Person und nicht wissend, wohin sich eigentlich wenden. Eine tiefe Stille lag in allen Gassen, die er durchschritt, und nicht minder tief war die Dunkelheit.

›Ich zieh mich aus dieser Geschichte nicht heraus. Morgen abend sitze ich im Fort Trompette; daraus entweicht keiner mehr.‹

Da erblickte er in einiger Entfernung ein Haus, in dem Licht war.

›Und wenn's der Teufel selber wäre‹, sagte sich der Chevalier, ›ich muss mit den Leuten da drin sprechen.‹

Als er näher kam, vernahm er Lärm. Er lauschte und suchte zu erraten, um was es sich handle. Da flog eine kleine Pforte auf, und ein breiter Lichtstrom fiel über die Gasse und noch das gegenüberliegende Haus hinauf. In dem Licht stand ein prächtig gekleideter, junger, sehr schöner Mensch, den Degen in der Faust; er sah verärgert aus, aber nicht wütend, oder es war die hinter Verärgertheit maskierte Wut eines Gecken. Die Leute seiner Umgebung hatten das Wesen von Untergebenen und schienen ihn beschwichtigen zu wollen, wobei sie ihn Herr Graf nannten.

Saint-Ismier war noch etwa zwanzig Schritte von der hellen Pforte entfernt, als der junge schöne Mann, der etwa eine halbe Minute in der Türschwelle wie zögernd gestanden hatte, plötzlich und immer wie einer, der, um dafür bewundert zu werden, Wut zeigt, schreiend und fluchend und immerzu mit dem Degen fuchtelnd in die Gasse hinausging, gefolgt von einem, prächtig gekleidet wie er. Saint-Ismier sah auf die beiden, als er von dem ersten bemerkt wurde, den man Herr Graf nannte. Alsbald stürzte der Graf auf Saint-Ismier los und wollte ihm mit einem Fluche den Degen durch das Gesicht ziehen. Saint-Ismier, auf solchen Angriff nicht im mindesten gefasst, hatte gerade eine Höflichkeit überlegt, die er dem jungen Manne sagen wollte mit der Frage, wo das Haus Miossens läge. Heiteren Wesens hatte er seinem Körper schon jenes liebenswürdige Balancieren eines Chevaliers gegeben, der den Weinen des Landes herzhaft zugesprochen, denn er fand es so lustiger wie sicherer, den Edelmann anzusprechen wie ein leicht Trunkener. Er gab seinen Lippen schon das Lächeln der Liebenswürdigkeit, mit der er beeindrucken wollte, als er den ihm bestimmten Hieb des Grafen vor seinen Augen sah. Und er fühlte dessen ganze Schwere auf den rechten Arm niedersausen, mit dem er sein Gesicht deckte.

Er tat einen Sprung nach rückwärts.

›Ich habe einen Schlag bekommen‹, sagte er sich und Wut stieg ihm rot ins Gesicht. Er ging heftig den frechen Burschen an.

»Also du willst mehr davon«, rief der Graf, »nur zu, das ist's ja, was ich wollte. Du sollst deine Schläge haben.« Und er warf sich mit toller Kühnheit auf Saint-Ismier.

›Gott verzeih mir, er will mir ans Leben‹, sagte sich der Chevalier, ›ich muss kaltes Blut bewahren.‹

Saint-Ismier bekam mehrere Stiche ab, denn nun hatte auch der Edelmann aus des Grafen Begleitung den Degen gezogen, sich an seines Freundes Seite gestellt.

›Sie wollen mich umbringen‹, sagte sich Saint-Ismier, und machte einen Ausfall. Dabei zog er aus einer Unvorsichtigkeit des Grafen Vorteil, der sich ungedeckt auf ihn gestürzt hatte, um ihm den Degen durch den Leib zu rennen. Der Graf parierte den Stich, indem er ihn nach oben abdrängte; da aber sprang der Degen dem Grafen sechs Daumen tief ins rechte Auge; der Chevalier spürte, wie das Eisen auf etwas Hartes stieß; es war der innere Schädelknochen. Der Graf stürzte tot.

Als der Chevalier, stark erschrocken über dieses Ergebnis, ein bisschen zögerte, seinen Degen zurückzuziehen, gab ihm der Mensch, der hinter dem Grafen gestanden hatte, einen starken Hieb in den Arm, und im gleichen Augenblick fühlte der Chevalier mächtig das Blut fließen. Dazu rief dieser Gegner aus allen Lungenkräften um Hilfe. Acht oder zehn Leute stürzten aus der Herberge, denn eine solche und die erste von Bordeaux war das erleuchtete Haus. Saint-

Ismier sah gut, dass die Hälfte der Leute bewaffnet war. Er nahm seine Beine unter die Arme und lief, was er konnte.

›Ich habe einen Menschen getötet‹, sagte er sich, ›ich bin mehr als gerächt für einen Hieb in den Arm. Übrigens ist Gefängnis oder Tod für mich das gleiche. Nur wird mir, falle ich Rochegude in die Hände, der Kopf ganz gewiss auf dem Marktplatz abgeschlagen, und an einer Straßenecke sterbe ich als ein tapferer Mensch im Kampfe um mein Leben.‹

Doch aber lief unser Held, was er konnte, um sein Leben zu retten. Er kam wieder an der Kirche vorbei, kam dann in eine sehr breite und wie ihm schien, sehr lange Straße. Die Verfolger hielten an, als sie hier zwei- oder dreihundert Schritte hinter ihm hergelaufen waren. Es war höchste Zeit für den ganz atemlosen Chevalier. Auch er hielt inne, etwa hundert Schritte weiter als die Verfolger; er machte sich, indem er sich stark bückte, so klein als möglich; dann versteckte er sich hinter dem Pfosten einer Brustwehr, die sich in der Straße etwa sechs bis acht Fuß vor den Häusern befand. Die Verfolger tauchten wieder auf, und der Chevalier begann wieder so gut er konnte zu laufen, immer die breite lange Straße hinauf. Da hörte er vor sich Schritte im Takt; er hielt sofort im Laufen inne.

›Die Scharwache!‹ dachte er.

Und warf sich laufend in eine sehr enge Seitengasse, lief durch viele Gässchen, jede halbe Minute stillstehend, lauschend; zunächst stieß er nur auf Katzen, denen er Furcht einjagte; aber als er in eine Gasse einbog, hörte er vier, fünf Männer kommen; deutlich vernahm er ihr schweres und wohlgesetztes Reden.

›Wieder die Wache! Der Teufel hol mich!‹

Er stand gerade an einem mächtigen, derb holzgeschnitzten Tor; aber zehn Schritte davon bemerkte er eine ganz kleine Tür; er stürzte hin. Die Tür war offen. Er verschwand dahinter und verschnaufte. Er dachte, die Männer, die er reden gehört hatte, müssten ihn hier eintreten gesehen haben und hinter ihm hereinkommen; dann würde er sich hinter der Tür verstecken und sobald die Männer eingetreten und bis in den kleinen Hofgarten, den er bemerkte, gekommen wären, zu dem diese Tür führte, würde er wieder sehen, dass er hinaus und weiterkomme. Er stand schweratmend hinter der kleinen Tür und wartete. Die Männer blieben just davor stehen und schwatzten. Aber sie traten nicht ein und gingen weiter.

Angst in den Gliedern schlich Saint-Ismier in was ihm ein Garten schien der hohen Bäume wegen; er kam in einen großen Hof, dann in einen kleineren, der ihm mit kleinen marmornen Tafeln gepflastert schien. Er spähte vorsichtig, ob er niemanden sähe, mit dem er sprechen könnte.

›Das ist ein reiches Haus. Besser konnte ich es nicht treffen. Finde ich da einen Domestiken, so wird er für meinen Taler empfänglich sein und mich zum Palais Miossens bringen. Vielleicht versteckt er mich für zwei Taler heute Nacht und morgen in seinem Zimmer. Ja, wer weiß, vielleicht wird er einmal noch mein eigener Diener? Glücklicher könnte ich es mir nicht wünschen.‹

Solches hoffend fand Saint-Ismier eine Treppe, die er hinaufstieg. Sie führte in das erste Stockwerk, wo sie aufhörte. Er trat auf einen Altan und sah sich um. Da war es ihm, als vernehme er ein Geräusch auf der Treppe. Er schwang sich sofort über das Geländer des Balkons und trat auf ein Gesims der Hauswand; mit den Händen hielt er sich an der Holzjalousie des nächsten Fensters fest. Vorsichtig tastete er sich auf dem Gesims weiter und kam auf einen zweiten Balkon, vom ersten ein paar Fuß entfernt. Durch ein offenes Fenster stieg er ein. Eine wie ihm schien marmorne und sehr prächtige Treppe führte in das zweite Stockwerk. Hier stand er nun vor einem mit goldenen Nägeln verzierten Türvorhang. Durch den Spalt zwischen Türvorhang und Boden kam ein schwacher Lichtschein. Er zog die Portiere ganz leise an sich und stand einer Tür gegenüber, deren silberne oder kupferne Ornamente im Dunkel glänzten. Aber wichtiger für den armen Chevalier war das bisschen Licht, das durch das Schlüsselloch drang. Er brachte sein Auge daran; doch sah er nichts; er glaubte einen Vorhang unterscheiden zu können, der im Raume nah vor der Tür hing.

›Das ist jedenfalls ein vornehmer Wohnraum‹, sagte er sich. Sein nächster Gedanke war, keinerlei Geräusch zu machen. ›Aber‹, dachte er, ›schließlich muss ich ja doch einmal mit jemandem reden, und so allein, verloren in einem weitläufigen Hause und mitten in der Nacht, ist's besser, ich spreche mit einem Herrn statt mit einem Lakaien. Der Herr wird leicht begreifen, dass ich kein Dieb bin.‹

Er fasste mit der linken Hand die Portiere, diese beiseite haltend, und fasste mit der rechten an den Türknopf; er öffnete ganz leise und sagte mit seiner liebenswürdigen Stimme:

»Herr Graf, erlauben Sie, dass ich eintrete?«

Keine Antwort. Er blieb eine Weile in seiner Stellung, auf dem Boden zwischen seinen Füßen den Degen, damit er ihn, wenn nötig, rasch zur Hand hätte. Er wiederholte das Kompliment, so reizend als möglich von ihm ausgedacht:

»Herr Graf, wollen Sie mir erlauben, dass ich eintrete?«

Keine Antwort. Der Chevalier sah sich in dem mit der Großartigkeit neuesten Stiles gezierten Prunkgemach um. Die Wände deckten gebuckelte vergoldete Ledertapeten. Der Tür gegenüber stand ein mächtiger Schrank aus Ebenholz mit einer Menge kleiner Säulen, deren Kapitale aus Perlmutter waren. Zur Rechten breitete sich ein Bett, dessen Vorhänge aus rotem Damast zugezogen schienen. Er konnte nicht in das Bett sehen. Die eine Fußsäule, die er bemerken konnte, war vergoldet. Zwei Genien, wohl aus Goldbronce, stützten mit ihren hochgehaltenen Armen einen kleinen Tisch mit ockergoldner Platte; zwei vergoldete Leuchter standen darauf, in deren einem eine Kerze brannte; und was den Chevalier nicht wenig beunruhigte, war, dass er neben dem brennenden Leuchter ganz deutlich fünf, sechs edelsteinblitzende Ringe liegen sah.

Er machte einen kleinen Schritt ins Gemach, mit kleinen Verbeugungen und schüchtern-liebenswürdigen »Verzeihung, Herr Graf«.

Über einem Kamin hing ein strahlender Venetianer Spiegel. Da stand ein großer Toilettentisch, mit schwerer grüner Seide überzogen. Auch auf diesem Tisch lagen Ringe und eine steinverzierte Uhr; ihr leises Ticken war das einzige wahrnehmbare Geräusch im Raum.

›Wie wird der Besitzer aller dieser Kostbarkeiten aufschreien, wenn er jetzt aus dem Bett springt und mich erblickt! Aber ich muss doch zu einem Ende kommen, so oder so. Eine Viertelstunde hab ich schon in Zwecklosigkeiten und in der verrückten Hoffnung verloren, nicht für einen Dieb gehalten zu werden.‹ Er ließ die Tür los, die sich mit einem kleinen Geräusch schloss. Sie war von innen nicht zu öffnen, wie sich der Chevalier gleich überzeugte. ›Ich bin gefangen‹, sagte er sich und untersuchte genauer noch die Tür; es war unmöglich, sie zu öffnen. ›Ich bin eingesperrt.‹ Von diesem Umstand beunruhigt, ging der Chevalier entschlossen auf das Bett zu. Dessen Vorhänge waren fest zugezogen. Er schlug sie auseinander, immer allerlei lächelnde Entschuldigungen für die im Bett vermutete Person stammelnd.

Das Bett war leer. Aber in hinreichender Unordnung, die sagte, dass es eben noch besetzt war. Die Vorhänge trugen reiche Spitzen. Der Chevalier griff nach dem Leuchter, um besser zu sehen; er steckte eine Hand unter die Decke; es war noch warm da. Nun untersuchte eiligst der Gefangene mit dem Leuchter das Zimmer nach einem Ausgang; zu seinem großen Verdruss fand er keinen andern als die Tür, die sich von innen nicht öffnen ließ, und ein Fenster. Er wusste nichts andres als die Bettvorhänge zu zerreißen und daraus etwas wie ein Seil zu drehen, mit dessen Hilfe er den Abstieg durchs Fenster in ein dunkles Ungewisses wagen könnte, in etwa vierzig Fuß Tiefe, wie er schätzte; ob das da unten ein Dach oder ein Hof sei, dies zu unterscheiden machte er vergebliche Anstrengungen.

›Und was, wenn ich da unten heil und ganz ankomme? Ich bin da vielleicht genau so gefangen wie hier.‹

Da blitzte ihm ein Gedanke auf:

›Ich sehe keinen Degen hier im Zimmer. Die Kammerdiener der hier hausenden vornehmen Persönlichkeit haben deren Kleider ohne Zweifel mit fortgenommen. Aber seinen Degen hätten sie ihm doch dagelassen. Aber vielleicht drangen Diebe ins Haus und er hat für ihre Verfolgung das Bett verlassen, den Degen in der Faust? Seltsam ist es doch, dass keine Waffe hier im Zimmer ist.‹

Und mit äußerster Sorgfalt ging nun der Chevalier daran, das Zimmer zu durchforschen. Da stieß er ganz nah am Bett auf dem Teppich auf zwei kleine Schuhe aus weißer Seide und auf ein Paar außerordentlich dünne Seidenstrümpfe.

›Ich bin doch ein großer Schafskopf! Ich bin hier bei einer Frau!‹

Gleich darauf fand er ein paar Strumpfbänder aus Silberspitze; auf einem Fauteuil einen kleinen Unterrock aus rosarotem Satin.

›Es ist eine junge Frau‹, rief er hingerissen, und seine Neugierde war so mächtig erregt, dass er ganz seine Angst vor dem Gefängnis oder vielmehr vor dem Tode vergaß, die sein einziges Gefühl war seit der Minute, als er den jungen Menschen mitten auf der Straße niedergestochen hatte. In seiner Neugier vergaß der Chevalier auch gänzlich, für einen Dieb gehalten zu werden. Er öffnete, das Licht in der Hand, den Degen unterm Arm alle Schubfächer des Toilettentischs. Er fand eine große Menge kostbaren Schmucks und von erlesenem Geschmack; einige kleine Kassetten trugen gravierte Inschriften in italienischer Sprache. ›Die Herrin dieses Raumes muss bei Hofe gewesen sein‹, sagte er sich. Er fand außerordentlich kleine Handschuhe, die getragen waren. ›Entzückende Hände hat sie‹, sagte er. Da stieß er zu seiner größten Freude auf einen Brief.

›Dieses Gemach ist also von einer offensichtlich jungen und schönen Frau bewohnt. Ein Mann macht ihr die Cour und ohne Glück.‹

Des Chevaliers Neugierde war zunächst befriedigt, und eine große Müdigkeit kam über ihn. Um sich eine Zeit zu geben, die wohl gleich eintretende Person sich anzusehen, setzte er sich in den Alkov zwischen Bett und Wand nieder. Er rechnete bestimmt darauf, wachend das Ende eines Abenteuers abzuwarten, das schlecht für ihn ausgehen konnte, aber er schlief sehr rasch ein.

Er wachte von dem kleinen Geräusch der Tür auf; die Kammerzofe hatte sie geöffnet.

»Geh zu Bett. Ich brauch dich nicht mehr. Aber weck mich sofort, wenn es meiner Mutter wieder schlechter geht.«

Saint-Ismier hatte, aus dem Schlaf geschreckt, kaum Zeit, diese gehörten Worte zu verstehen. Der Bettvorhang öffnete sich; ein junges Mädchen stand da, einen Armleuchter mit zwei brennenden Kerzen in der Hand, die volles Licht über das Zimmer warfen. Ein ungeheurer Schrecken drückte sich in ihren Zügen aus, als sie hinter ihrem Bette einen blutbedeckten Menschen liegen sah. Sie stieß einen kleinen Schrei aus, stützte sich auf das Bett. Und starrer Schrecken verzerrte das Gesicht, als Saint-Ismier sich aufrichtete, um sie zu stützen. Nun schrie sie laut auf und sank, wie der Chevalier aus der Folge erfuhr, in Ohnmacht, erst auf das Bett, dann auf den Boden. Der Leuchter fiel und erlosch. Saint-Ismier wusste erst nicht, was tun; er war ratlos. Den letzten Rest von Schlaftrunkenheit abzuschütteln, setzte er sich mit einem Ruck auf. Er griff nach seinem Degen und horchte; alles war tiefste Stille. Er tastete nach dem, was ihm über die Beine gefallen war; fand eine Frau, die er für tot glaubte; er griff eine Hand, deren Kleinheit und zarte Haut ihn denken ließ, es sei eine Frau, die irgendein Eifersüchtiger getötet habe.

›Man muss ihr helfen‹, sagte er sich und hatte von diesem Augenblick wieder sein kaltes Blut. Der Kopf der Frau lag auf seinem Knie. Er zog es so vorsichtig als er nur konnte, zurück, hob das Köpfchen und bettete es auf einen Schemel. Er fand so viel Wärme unter den Achseln dieses Leibes, als er ihn hob, dass ihm der Gedanke kam, die Person dürfte nur infolge einer großen Verwundung ohnmächtig sein.

›Ich muss um alles in der Welt von hier heraus‹, sagte er sich. ›Da ist keine Hoffnung, mit dem eifersüchtigen Gatten oder dem wütenden Vater, dem diese Dame getötet wurde, vernünftig zu reden. Unmöglich, dass er nicht gleich zurückkomme, um zu sehen, ob seine Rache gelungen oder um den Leichnam wegzuschaffen; und findet er mich hier blutbedeckt und ich kann nicht sagen, wie hierhergekommen, so kann ihm leicht der Gedanke einfallen, sich auf meine Kosten unschuldig zu machen und mich als den Mörder dieser Dame zu bezeichnen; ich könnte nichts darauf antworten, das Verstand hätte.‹

Mit größter Vorsicht erhob sich Saint-Ismier, ganz bedacht nur, der Dame nicht weh zu tun, die in der engen Bettgasse auf ihm lag. Aber da stieß sein Fuß an den Armleuchter, der mit großem Geräusch ins Zimmer rollte. Der Chevalier blieb stehen, unbeweglich und die Hand am Degengriff. Aber alles blieb still. Schritt um Schritt ging nun Saint-Ismier das Gemach ab, mit dem Degen die Wände abtastend. Es war vergeblich; er fand nicht Öffnung noch Tür; die von außen nur zu öffnende war ohne Gewalt nicht aufzubrechen. Von neuem öffnete er das Fenster. Da war weder ein Balken noch ein Gesims, die einen Ausbruch erlaubt hätten.

›Ich hab mir wahrhaftig nichts vorzuwerfen, wenn mich dieser Zwischenfall auf der Flucht vor dem Gefängnis aufs Schafott bringt: ich hab mich selber gefangen gesetzt.‹

Er horchte; es war ihm, als hätte er vom Bett her etwas sich bewegen gehört. Er tastete sich im Dunkel eilends hin. Es war die junge verwundet geglaubte Dame, die aus der Ohnmacht durch das Geräusch erwacht war, das er mit dem Fenster machte. Er nahm sie beim Arm und die Furcht brachte sie vollends zu sich. Da entriss sie ihm den Arm und gab dem Chevalier einen Stoß, so stark sie konnte.

»Sie sind ein Scheusal! Was Sie tun, ist grauenvoll! Sie wollen meine Ehre besudeln und mich dadurch zwingen, Ihre Frau zu werden. Aber ich weiß alle Ihre Absichten zu nichte zu machen. Gelingt es Ihnen, mich vor den Augen der Welt zu entehren, so geh ich eher ins Kloster, als dass ich eine Marquise von Buch werde.«

Der Chevalier trat einige Schritte zurück auf die andere Seite des Bettes.

»Verzeihen Sie, Madame, die Angst, die ich Ihnen verursache. Zunächst kann ich Ihnen eine vortreffliche Neuigkeit berichten: ich bin nicht der Marquis von Buch, ich bin der Chevalier von Saint-Ismier,

Kapitän im Regiment Royal-Cravatte, von dem Sie, wie ich glaube, nie reden gehört haben. Ich bin in Bordeaux heut abend um neu Uhr eingetroffen, und auf der Suche nach dem Hause der Miossens wurde ich von einem gutgekleideten Menschen mit dem Degen angefallen, auf der Straße. Wir haben uns geschlagen, und ich habe ihn getötet. Man hat mich verfolgt. Ich fand eine kleine Tür offen; sie führte in Ihren Garten. Ich stieg eine Treppe hinauf, und da ich mich noch immer verfolgt glaubte, stieg ich über einen Balkon in eine Antichambre. Ich sah Licht hier und trat ein, mit vielen Entschuldigungen für den Edelmann, den ich störte, und erzählte ihm, es war etwas lächerlich, laut meine ganze Geschichte, wie ich es eben jetzt tue. Ich starb vor Angst, für einen Dieb gehalten zu werden. Alle meine lächerlichen Höflichkeiten waren Grund, dass ich erst nach einer Viertelstunde merkte, dass das Bett leer war. Dann bin ich, scheint es, eingeschlafen. Ich wachte auf, als der Leib einer getöteten Dame über mich fiel. Ich griff eine entzückende kleine Hand; ich bin hier im Brautgemach eines sehr eifersüchtigen Edelmanns, dessen Geschmack und Reichtum zu bewundern ich alle Gelegenheit hatte. Ich sagte mir, der Eifersüchtige würde behaupten, ich hätte seine Frau umgebracht. Da legte ich Ihr Köpfchen, Madame, so zart ich vermochte, auf einen Schemel, und versuchte mein Letztes, aus diesem Gemach herauszukommen. Ich wiederhole, Madame, ich halte mich für einen sehr tapfern Menschen, und bin seit heute Abend um neun zum ersten Mal in Bordeaux. Ich habe Sie also noch nie gesehen, Madame, weiß nicht einmal Ihren Namen und bin in Verzweiflung über die Ungelegenheiten, die ich Ihnen mache. Aber Sie haben von mir wenigstens nichts zu fürchten.«

»Ich tue mein Möglichstes, um mir Sicherheit zu geben«, sagte die Dame nach einer Weile. »Ich glaube alles, was Sie mir sagen, aber doch kann der grausame Zufall, dessen Umstände Sie mir erzählen, mich meine Ehre kosten. Ich bin allein mit Ihnen in diesem Gemach, ohne Licht, und es ist drei Uhr nachts; es gehört sich, dass ich gleich meine Kammerjungfer rufe.«

»Verzeihen Sie, Madame, dass ich nochmals von mir spreche. Der Kommandant Rochegude ist mein Feind, und ich flüchtete nach Bordeaux, eines andern Duells wegen verfolgt, das ich vor einiger Zeit schlagen zu müssen das Unglück hatte. Ein Wort von Ihnen, Madame, kann mich auf die Feste Trompette bringen, und da jener, den ich tötete, sich gewiss aller Protektion erfreut, verlasse ich dies Fort nur auf dem Wege zum Richtblock.«

»Ich werde vorsichtig sein«, sagte die Dame, »aber lassen Sie mich nun gehen.«

Sie schritt zur Tür, die sie durch ein Geheimschloss öffnete. Nun fiel sie mit dem festen Geräusch wieder zu, und Saint-Ismier war aufs neue allein, ohne Licht, gefangen.

›Ist die Frau hässlich und aus diesem Grunde böse‹, dachte der Chevalier, ›so bin ich verloren. Aber sie hatte eine zarte Stimme. Jedenfalls werden Domestiken auf mich losgelassen. Da wird's nichts zu markten geben; ich steche den ersten nieder, der sich zeigt. Das schafft dann einen Augenblick Verwirrung, die ich nütze, die Stiege hinunter und auf die Gasse zu kommen.‹

Er vernahm draußen Stimmen.

›Gleich wird sich alles entscheiden‹, sagte er sich.

Er packte mit der Linken einen Schemel, den er seinem Angreifer zwischen die Augen werfen wollte, und stellte sich hinter den Bettvorhang.

Die Tür ging auf. Er sah ein leidlich hübsches Mädchen eintreten, in der Hand ein Licht, mit der andern die Portiere haltend. Sie sah den Raum mit den Blicken ab und fand den Fremden nicht. Da lachte sie.

›Ich dachte mir's doch, dass es nur ein Scherz wäre. Sie wollten mich nur durch eine seltsame Geschichte am Schlafen hindern, gnädiges Fräulein.‹

Da trat eine Dame ein, achtzehn oder zwanzig Jahre alt und von blendender Schönheit; doch blickte sie ernst und sogar ein wenig unruhig. Sie ließ die Tür zufallen und ohne ein Wort zu der zuerst eingetretenen Jungfer zu sprechen, machte sie ihr ein Zeichen gegen den Alkoven hin.

Als der Chevalier bloß die beiden Frauen sah, trat er, den Degen in der Hand, hinter dem Vorhang hervor. Aber der nackte Stahl und das Blut, das ihn bedeckte, machten Wirkung auf die Zofe, die sich ganz blass ans Fenster zurückzog. Der Chevalier dachte weder an Gefängnis mehr noch an seine Duelle; er bewunderte die außerordentliche Schönheit der jungen Person, die aufrecht vor ihm stand und ein wenig bestürzt. Nun fiel heftige Röte über ihr Gesicht, und ihre Augen wurden groß vor Neugierde.

›Man möchte glauben, sie erkenne mich‹, dachte Saint-Ismier. Und dann: ›Ich bin nicht goldbestickt wie der junge Mann, den ich erstochen habe; er war neueste Pariser Mode. Aber vielleicht gefällt ihrem guten Geschmack meine einfache Eleganz.‹ Er fühlte sich von Respekt ganz durchdrungen.

»Das Dunkel war nicht günstig, Madame. Es ließ mir aber mein kaltes Blut. Erlauben Sie mir, dass ich meine Entschuldigungen wiederhole für die schrecklichen Ungelegenheiten, in die Sie mein Unglück gebracht haben.«

»Sie erlauben, Herr Chevalier, dass alles, was Sie betrifft, auch von meiner Jungfer Alix gewusst wird. Sie hat viel Menschenverstand, alles Vertrauen meiner Mutter und ihr Rat wird uns nützlich sein – Sie erlauben?«

Alix hatte mehrere Kerzen angezündet. Nun nahm sie auf ein Zeichen ihrer Herrin auf einem Stuhl neben dem Fauteuil Platz, in dem sich diese selbst niedergelassen hatte.

Die junge Dame schien Misstrauen und Unruhe verloren zu haben. Sie begann die Unterhaltung damit, den Chevalier aufzufordern, seine Geschichte nochmals zu erzählen. Währenddem dachte Saint-Ismier:

›Allem Anschein nach hat diese Demoiselle Alix großen Einfluss auf die Mutter der jungen Dame, die wünscht, dass die Mama alle Einzelheiten dieser Nacht aus dem Munde dieser Alix erfahre.‹

Aber etwas beunruhigte fortwährend den Chevalier: das schöne Mädchen machte ihrer Alix heimliche Zeichen.

›Wär's möglich, dass diese Frauen mich verrieten? Dass sie, mich hier durch Erzählen festhaltend, nur die Wache erwarten, nach der sie meinetwegen geschickt haben? Komme, was mag – ich glaube, in meinem Leben habe ich keine schönere und eindrucksvollere Frau gesehen.‹

Der Verdacht des Chevaliers wuchs, als die junge Dame zu ihm mit einem unerklärlichen Lächeln sagte:

»Wollen Sie mit uns in eine ganz nahe Galerie treten, Chevalier?«

›Weiß Gott‹, dachte der Chevalier, ›was für eine Gesellschaft uns in der Galerie erwartet! Ich hätte Lust, das Fräulein zu erinnern, was mir bevorsteht, wenn man mich ins Gefängnis abführt.‹

So klug zu denken bringt nur ein Mann in großer Todesnot fertig; es auszusprechen, konnte er sich nicht entschließen; er fürchtete die

Verachtung einer Dame dadurch zu riskieren, die ein so großartiges Wesen zeigte.

Alix öffnete die Tür. Der Chevalier bot der schönen Dame den Arm, deren Namen er noch immer nicht wusste. Man schritt über den Vorplatz der kleinen Marmorstiege. Alix drückte auf einen im Zierwerk der Wand verborgenen Knopf und man trat durch die sich öffnende Geheimtür in eine weitläufige Bildergalerie; der Chevalier packte fest seinen Degen.

»Hier wollen Sie sich versteckt halten so lange, bis meine Mutter sich über die Vorfälle dieser Nacht unterrichten konnte, die Sie zu uns geführt haben. Es ist angebracht, dass ich Ihnen sage, in welchem Hause Sie sich befinden. Ich bin Marguerite, Prinzessin de Foix. Die Leute des Herrn Rochegude werden es nicht wagen, hier einzudringen.«

»Es scheint mir ganz unmöglich, gnädiges Fräulein, dass der Chevalier mit Ihnen unter einem Dache wohne. Wird es bekannt, lässt es sich nicht mehr leugnen. Man muss eine Erklärung geben, und jede Erklärung ist tödlich für den Ruf eines jungen Mädchens, besonders wenn dieses Mädchen die reichste Erbin der Provinz ist.«

»Vor drei Jahren, Chevalier, verlor ich in der Bataille von ** meine beiden Brüder. Seitdem ist meine Mutter plötzlichen und sehr beunruhigenden Anfällen unterworfen. Wie heute Nacht wieder. Ich weilte bei ihr, währenddem Sie in mein Zimmer dringen konnten auf so sonderbare Weise. Diese Galerie enthält nur mäßig merkwürdige Bilder. Ich bitte Sie, sehen Sie sich einige davon an.«

Der Chevalier blickte die Prinzessin an.

›Sie ist verrückt‹, dachte er, ›wie schade.‹ Und er ging mit ihr ganz unter dem Eindruck dieser Meinung einige Schritte vor ein Bild.

»Hier sehen Sie einen jungen Krieger in einer heute nicht mehr üblichen Rüstung. Immerhin schätzt man das Bild des Malers.«

Der Chevalier stand versteinert vor Erstaunen: er erkannte in dem Bilde sein eigenes Porträt. Er blickte auf die Prinzessin, deren vornehm ernstes Wesen unverändert blieb, nichts verriet.

»Mir kommt vor«, sagte er nach einer Weile, »als sähe ich in dem Bilde eine zufällige Ähnlichkeit mit mir.«

»Ich weiß nicht«, sagte die Prinzessin, »aber dies ist das Konterfei des Raymond von Saint-Ismier, Fahnenjunker im Garderegiment. Vor vier Jahren wollte mein armer älterer Bruder, der Herzog von Condal, hier die Bildnisse aller jener Verwandten beisammen haben, deren Familien noch existierten. Du siehst, Alix, wie es wohl nicht unmöglich ist, dass meine Mutter einem unsrer Verwandten Asyl gewährt, dem Chevalier von Saint-Ismier, verfolgt wegen eines unverzeihlichen Verbrechens, eines Duells.«

Bei diesen Worten lächelte Marguerite zum ersten Mal und mit entzückendem Zauber.

»Es soll alles geschehen, wie das gnädige Fräulein wünschen. Es geht natürlich nicht, die gnädige Frau Prinzessin, Ihre Mutter, nach der schrecklichen Nacht, die sie gehabt hat, aufzuwecken. Ich bitte das gnädige Fräulein, mir Befehle zu erteilen, aber nicht Ratschläge von mir zu verlangen.«

»Und ich verdürbe mir das außerordentliche Glück, das ich diesem Bildnis eines meiner Ahnen verdanke, wenn ich duldete, dass das, was das gnädige Fräulein einem leider sehr entfernten Verwandten schuldig zu sein glaubte, zu irgendeinem Schritt führte, den Mademoiselle Alix missbilligt.«

»Ja, wenn Sie fortwollen«, sagte Marguerite mit reizender Anmut, »dann bin ich hinsichtlich des Mittels in großer Verlegenheit. Das Haus hat einen Torwächter, einen alten Soldaten, der den pompösen Titel Gouverneur führt. Jeden Abend muss unser Gouverneur die äußeren Tore sperren und die Schlüssel verwahren. Die kleine Gartentür, durch die Sie gekommen sind, ist jetzt zu. Heut nacht um zwölf sah ich, wie unser Pförtner alle Schlüssel meiner Mutter brachte. Sie liegen auf einem kleinen Tisch neben ihrem Kamin. Alix, willst du von dem Tisch den Schlüssel holen, damit wir den Chevalier hinauslassen können?«

»Bei Madame der Prinzessin wachen vier, fünf Frauen«, sagte Alix, »und den Schlüssel zu holen, wäre das Unklügste, was wir tun könnten.«

»Dann gib doch ein andres Mittel an, wie wir den Chevalier von Saint-Ismier, unsern Vetter, aus dem Hause bringen.«

Man besprach manches, ohne Erfolg. Da machte Alix, von den Einwendungen ihrer Herrin in die Enge getrieben, zum Schlusse eine Unklugheit.

»Sie wissen, gnädiges Fräulein, dass das Appartement des Herzogs von Condal unberührt und unbetreten ist. Bei einem Bette liegt, wie ich weiß, eine seidene Strickleiter, die vierzig Fuß lang sein muss. Sie ist leicht, und ein Mann kann sie unter dem Arm tragen. Auf dieser Leiter steigt der Herr in den Garten. Ist er einmal da und entdeckte man ihn auch im Garten, so ist die Sache schon weit weniger kompromittierend für Sie. Es gibt doch so viele Frauen im Hause! Am Ende des Gartens, gegen die kleine Kirche vom fleischgewordenen Worte zu, ist eine Stelle, wo die Mauer nicht höher ist als acht Fuß; im Garten gibt's allerlei Leitern. Der Herr kann leicht die Mauer hinaufkommen und auf der andern Seite dient ihm ein Stück der Strickleiter.«

Als die weise Alix mit ihrem Fluchtplan soweit war, lachte die Prinzessin hellauf.

Mina von Wangel

Mina von Wangel war im Lande der Phantasie und der Philosophie, zu Königsberg, geboren. Gegen Ende des Feldzuges von 1814 verließ der preußische General Graf von Wangel plötzlich Hof und Heer. Eines Abends, es war vor Craonne in der Champagne nach einem mörderischen Kampf, in welchem die Truppen unter seinem Befehl Verrunyen besetzt hatten, befiel ihn ein Gewissenszweifel: Hat irgendein Volk das Recht, die tiefsteigne und vernünftige Norm, nach der ein andres Volk sein leibliches und geistiges Dasein regelt, zu ändern?

Mit diesem Problem beschäftigt, beschloss der General, fürder nicht mehr den Degen zu ziehen, solange er dieser Frage keine Antwort gefunden. Er begab sich auf seine Güter bei Königsberg.

Scharf überwacht von der Berliner Polizei, befasste sich Graf Wangel nur noch mit seinen philosophischen Studien und seiner einzigen Tochter Mina die wenigen Jahre, die er noch zu leben hatte. Er starb noch jung und hinterließ seiner Tochter ein sehr bedeutendes Vermögen, eine schwache Mutter und die Ungnade des Hofes – was letzteres nicht wenig besagen will im dynastisch geregelten Germanien. Immerhin trug Mina gegen dies Missgeschick den Blitzableiter eines der vornehmsten Namen Preußens. Sechzehn Jahre war sie erst alt und flößte doch schon den jungen Offizieren in der Umgebung ihres Vaters Gefühle ein, die bis zur Ehrfurcht, ja Begeisterung gingen. Die jungen Männer liebten das romantische etwas dunkle Feuer, das oft in Minas Blicken aufbrannte.

Ein Jahr der Trauer war zu Ende, aber der Schmerz über den Tod des Vaters wollte nicht abnehmen. Besorgte Freunde der Frau von Wangel sprachen das Wort Schwindsucht aus. Da musste Mina an den Hof eines regierenden Fürsten, dessen entfernte Verwandte zu sein sie die Ehre hatte. Bei der Abreise nach C., der Residenz jenes Großherzogs, hoffte Frau von Wangel, erschreckt von der seltsamen Romantik und dem tiefen Schmerz der Tochter, dass eine standesgemäße Heirat und ein wenig Liebe sie den natürlichen Anschauungen ihres Alters zurückgeben würden. – »Wie sehr wünschte ich«, sagte sie zu ihr, »dich bald hier verheiratet zu sehen!« – »Hier? In diesem undankbaren Lande, das meinen Vater für seine Wunden und zwanzig Jahre hingebenden Dienstes mit Überwachung durch die gemeinste

Polizei belohnte? Nein, Mutter, lieber wechsle ich die Religion und sterbe in der Stille eines katholischen Klosters.«

Mina kannte die Höfe nur aus den Romanen ihres Landsmannes August Lafontaine, die häufig die Liebesschicksale einer reichen Erbin darstellen, die der Zufall der Verführung durch einen jungen Obersten und Adjutanten des Monarchen aussetzt. Voll Abscheu war Mina gegen solche Liebe um des Geldes willen. »Was kann es«, sagte sie zu ihrer Mutter, sprach sie davon, »Gemeineres und Platteres geben, als das Leben eines solchen Paares ein Jahr nach der Hochzeit, wenn der Gatte, dank seiner Frau und ihres Geldes, Generalmajor geworden ist und die Frau Ehrendame bei der Erbprinzessin? Und was wird aus ihrem Glück, wenn sie mit ihren Ambitionen Misserfolg haben?«

Aber der Großherzog von C. dachte nicht an die Hindernisse, die ihm die Romane von August Lafontaine bereiteten; er wollte das sehr bedeutende Vermögen des Fräuleins von Wangel an seinen Hof fesseln. Noch schlimmer aber war, dass einer seiner Abjutanten anfing, Mina den Hof zu machen, vielleicht auf höheres Geheiß. Mehr bedurfte es nicht, um sie zur Flucht aus Deutschland zu bestimmen. Das Unternehmen war durchaus nicht leicht.

»Ich will dies Land verlassen«, sagte sie eines Tages zu ihrer Mutter, »ich will mein Vaterland verlassen.«

»Du machst mich zittern, wenn du so redest; deine Augen erinnern mich an deinen armen Vater. Ich werde ja nichts dagegen tun, ich werde keinen Gebrauch von meiner Autorität machen, aber erwarte nicht, dass ich bei den Ministern des Großherzogs um die Erlaubnis nachsuche, die wir notwendig brauchen, um ins Ausland zu reisen.«

Mina war sehr unglücklich. Die Erfolge ihrer großen blauen sanften Augen und ihrer vornehmen Gestalt nahmen rasch ab, als man am Hofe erfuhr, dass sie Gedanken hatte, die denen von Serenissimus widersprachen. So verging mehr als ein Jahr, Mina hoffte nicht mehr, die unerlässliche Erlaubnis zu erwirken; sie entwarf daher den Plan, als Mann verkleidet nach England zu gelangen, wo sie vom Verkauf ihrer Diamanten zu leben gedachte. Frau von Wangel nahm mit einigem Schrecken wahr, dass Mina seltsame Versuche anstellte, ihre Hautfarbe zu ändern. Bald danach erfuhr sie, dass ihre Tochter sich Männerkleider hatte machen lassen. Mina bemerkte, dass sie auf ihren Spazierritten immer irgendeinem Gendarmen des Großherzogs begegnete; aber bei der Phantasie, die sie von ihrem Vater hatte, machten die Schwierigkeiten, statt sie von einem Wagnis abzuhalten, ihr dies nur noch anziehender.

Ohne danach zu trachten, hatte Mina der Gräfin von D... gefallen. Diese Frau, die Geliebte des Großherzogs, war so seltsam und romantisch wie nur irgendjemand. Eines Tages, als Mina mit ihr ausritt, begegneten sie einem Gendarmen, der ihnen alsbald von weitem folgte. Das belästigte sie, und sie vertraute der Gräfin ihre Fluchtpläne an. Wenige Stunden später empfing Frau von Wangel ein eigenhändiges Schreiben des Großherzogs, der ihr eine Abwesenheit von sechs Monaten gewährte, um die Bäder von Baynières aufzusuchen. Es war neun Uhr abends; um zehn Uhr waren die Damen unterwegs und hatten am nächsten Tag, ehe die Minister des Großherzogs erwachten, glücklich die Grenze überschritten.

Es war zu Beginn des Winters 18.., dass Frau von Wangel und ihre Tochter in Paris eintrafen. Mina hatte große Erfolge auf den Bällen der Diplomatie. Man behauptete, die Herren der Botschaft hätten Auftrag, mit Vorsicht und Geschick zu verhindern, dass das Wangelsche Vermögen, Millionen, die Beute irgendeines französischen Abenteurers würde. In Deutschland glaubte man noch, dass die jungen Pariser von 1820 sich um Frauen kümmern.

Durch alle ihre deutschen Phantastereien hindurch hatte die achtzehnjährige Mina die ersten Lichtblicke der Erkenntnis; sie merkte, dass es ihr nie gelingen würde, sich mit einer Französin zu befreunden. Sie traf bei allen auf größte Höflichkeit, aber nach sechswöchentlicher Bekanntschaft standen sie ihr ferner als am ersten Tage. Zu ihrem Kummer bemerkte Mina, dass in ihrem Wesen etwas Unhöfliches und Fremdartiges lag, das die französische Urbanität lähmte. Ungewöhnlich mischte sich in ihr tatsächliche Überlegenheit und außerordentliche Bescheidenheit. Es war ein pikanter Gegensatz, wie die Tatkraft und Schnelligkeit ihrer Entschlüsse sich hinter Zügen verbargen, denen noch die ganze Harmlosigkeit und der ganze Reiz der Kindheit eigneten, und nie wurde dieser Ausdruck durch die bedächtigeren Züge zerstört, die der Vernunft eigentümlich, und diese verständige Vernünftigkeit war ja auch nie ein bezeichnender Zug von Minas Wesen.

Trotz der gesitteten Wildheit seiner Einwohner gefiel Paris Mina sehr. In der Heimat war es ihr schrecklich gewesen, dass man sie auf der Straße grüßte und ihre Kutsche kannte; in C. hatte sie in allen schlecht gekleideten Menschen, die den Hut vor ihr zogen, Spione gesehen; das Inkognito der Republik, die Paris heißt, war für dieses seltsame Geschöpf sehr verlockend. An Stelle der Annehmlichkeiten einer herzlichen Geselligkeit, die Minas ein wenig zu deutsches Herz noch vermisste, konnte man in Paris allabendlich einen Ball haben oder ein unterhaltendes Theater. Sie suchte nach dem Hause, das ihr Vater im Jahre 1814 bewohnt und von dem er ihr so oft erzählt hatte. Nachdem sie mit vieler Mühe den derzeitigen Mieter daraus entfernt hatte, richtete sie sich in dem Hause ein, und nun war Paris keine fremde Stadt mehr für sie. Fräulein von Wangel hatte ein Zuhause, dessen kleinste Räume sie, oft vom Vater beschrieben, wiedererkannte.

Obwohl seine Brust Kreuze und Orden bedeckt hatten, war Graf Wangel im Tiefsten ein Philosoph gewesen, träumend wie Spinoza, sinnend wie Descartes. Mina liebte die Spekulationen der deutschen Metaphysik und den edlen Stoizismus Fichtes, etwa so wie ein empfindendes Herz die Erinnerung an eine schöne Landschaft liebt. Kants ihre unverständlichen Worte erinnerten Mina an den Tonfall, mit dem ihr Vater sie aussprach. Musste mit solcher Empfehlung nicht jede Philosophie rührend, ja sogar verständlich sein? Mina brachte einige vortreffliche Gelehrte dazu, ihr und ihrer Mutter regelrechte Vorlesungen zu halten.

Inmitten solchen Lebens, das morgens mit Studien und abends mit Gesandtschaftsbällen hinging, berührte die Liebe nie das Herz der reichen Erbin. Die Franzosen unterhielten sie, aber ließen sie kalt. – »Die Pariser sind ohne Zweifel«, sagte sie zu ihrer Mutter, die sie ihr oft rühmte, »die angenehmsten Menschen, die man treffen kann. Ich bewundere ihren glänzenden Geist, täglich überrascht und unterhält mich ihre feine Ironie aufs neue; aber finden Sie sie nicht etwas wie nachgemacht und lächerlich, sobald sie versuchen, Gefühle zu zeigen? Ist jemals ihre Erregung unbewusst?« – »Was nützt solche Kritik?« antwortete die verständige Frau von Wangel. »Wenn Frankreich dir missfällt, so lass uns nach Königsberg zurückkehren; aber vergiss nicht, dass du neunzehn Jahre alt bist und dass ich nicht immer bei dir sein werde; denk daran, einen Beschützer zu wählen. Wenn ich sterben sollte«, fügte sie mit schwermütigem Lächeln hinzu, »würde dich der Großherzog von C. an seinen Adjutanten verheiraten.«

An einem hellen Sommertag waren Frau von Wangel und ihre Tochter nach Compiègne gefahren, um sich eine Hofjagd anzusehen.

Mitten im Walde erblickte Mina plötzlich die Ruinen von Pierrfonds und war erschüttert davon. Noch ganz in deutschen Anschauungen befangen, kamen ihr alle Denkmäler des »neuen Babels« trocken, ironisch, ja böse vor. Aber die Ruinen von Pierrfonds waren für sie ergreifend wie die Burgentrümmer ihrer Heimat, und Mina beschwor ihre Mutter, einige Tage in der kleinen Herberge zu Pierrfonds Aufenthalt zu nehmen.

Die Damen waren da recht schlecht aufgehoben. An einem Regentage setzte sich Mina, naiv wie eine Zwölfjährige, in den Torweg des Wirtshauses und schaute in den Regen. Da fiel ihr Blick auf den Anschlag eines in der Nachbarschaft verkäuflichen Grundstückes. Und schon eine Viertelstunde später erschien sie, geführt von einer Herbergsmagd, die einen Schirm über sie hielt, beim Notar. Der war sehr erstaunt, wie dieses junge einfach gekleidete Mädchen mit ihm den Ankauf eines Grundbesitzes im Preise von mehreren hunderttausend Franken besprach und ihn bat, einen Kaufvertrag aufzusetzen und als Anzahlung einige Tausendfrankscheine der Bank von Frankreich zu quittieren.

Durch einen Zufall, den seltsam zu nennen ich mich hüte, wurde Mina nur wenig betrogen. Das gekaufte Grundstück hieß Petit-Verberie und sein Verkäufer, ein Graf von Ruppert, berühmt auf allen Schlössern der Picardie, war ein großer schöner junger Mann, den man im ersten Augenblick bewunderte, aber von dem bald darauf etwas Hartes und Gewöhnliches abstieß. Der Graf tat rasch mit Frau von Wangel befreundet, die er vortrefflich unterhielt. Graf Ruppert war vielleicht unter seinen jungen Zeitgenossen der einzige, der an jene liebenswürdigen Roués erinnerte, deren verlogene Romane die Memoiren der Lauzun und Tilly erzählen. Der Graf war gerade dabei, den Rest eines großen Vermögens zu verschwenden, wobei er die Wunderlichkeiten der großen Herren unter dem fünfzehnten Ludwig nachahmte und nicht begriff, wie Paris es fertigbrachte, sich nicht ausschließlich mit seiner Person zu beschäftigen. In seinen Träumen von Berühmtheit enttäuscht, hatte er sich toll in das Geld verliebt. Antwort, die auf seine Anfrage aus Berlin eintraf, brachte seine Leidenschaft für Fräulein von Wangel auf den Höhepunkt. Und sechs Monate später sagte Mina zu ihrer Mutter: »Man muss hier erst ein Stück Land kaufen, um Freunde zu haben. Vielleicht verlieren wir einige tausend Franken, wenn wir Petit-Verberie wieder losschlagen, aber wir zählen dafür jetzt eine Menge liebenswürdiger Damen zu unsern nächsten Bekannten.«

Aber so sehr Mina auch der neuen Bekannten bezaubernde Anmut bewunderte, nahm sie doch durchaus nicht das Wesen einer Französin an, sondern behielt ihre freie und natürliche deutsche Art. Frau von Cély, die vertrauteste ihrer neuen Freundinnen, sagte von Mina, sie sei wohl anders, aber nicht befremdlich, und eine reizende Grazie bewirke, dass man ihr alles verzeihe. Aus Minas Augen las man nicht ihre Millionen; sie hatte zwar nicht die soignierte Einfachheit der sehr guten Gesellschaft, aber war doch bezaubernd.

In das ruhige Leben fiel ein Donnerschlag und zerstörte es: Mina verlor ihre Mutter. Sobald der Schmerz ihr Zeit ließ, dem nachzudenken, fand Mina ihre Stellung schwierig. Frau von Cély hatte sie auf ihr Schloss genommen. »Sie müssen«, sagte ihr diese Freundin, eine Frau von dreißig Jahren. »Sie müssen zurück nach Preußen, das ist der beste Ausweg. Oder Sie müssen sich hier verheiraten, sobald die Trauerzeit um ist. Inzwischen lassen Sie sich so rasch wie möglich aus Königsberg eine Gesellschaftsdame kommen, wenn möglich eine Verwandte.«

Es gab einen starken Einwand. Die deutschen Mädchen, selbst die reichen, sind ja des Glaubens, man könne nur einen Mann heiraten, den man anbete. Frau von Cély nannte Mina zehn angemessene Partien, aber alle diese jungen Leute kamen Mina gewöhnlich, skeptisch, fast bösartig vor.

Mina verbrachte das unglücklichste Jahr ihres Lebens; ihre Gesundheit litt, ihre Schönheit verblich.

Eines Tages teilte Frau von Cély Mina mit, dass sie zum Diner eine Frau von Larçay erwarte, die reichste und liebenswürdigste Dame der Gegend. Die Eleganz ihrer Feste sei berühmt und sie verstünde es, mit liebenswürdiger von jeder Lächerlichkeit freien Art ihr beträchtliches Vermögen auszugeben. Mina aber war erstaunt, so viel Gewöhnliches und Prosaisches im Wesen der Frau von Larçay zu finden. So muss man also sein, um hier für liebenswert zu gelten und geliebt zu werden? In ihrem Schmerz – und deutschen Herzen ist Enttäuschung am Schönen ein Schmerz – achtet Mina gar nicht mehr auf Frau von Larçay und unterhielt sich aus Höflichkeit mit deren Gatten, einem einfachen Manne, dessen ganze Empfehlung darin bestand, dass er Page Napoleons zurzeit des russischen Rückzuges gewesen war und sich in diesem und den folgenden Kriegen durch eine für sein Alter ungewöhnliche Tapferkeit ausgezeichnet hatte. Er unterhielt Mina anregend und ohne Überlegung von Griechenland, wo er vor kurzem sich gegen die Türken geschlagen hatte. Seine Unterhaltung gefiel Mina. Sie hatte den Eindruck, einen guten Freund nach langer Trennung wiederzusehn.

Nach dem Diner, auf einer Spazierfahrt durch den Wald von Compiègne fühlte Mina wiederholt Lust, Herrn von Larçay über die Schwierigkeiten ihrer Situation um Rat zu fragen. Das elegante Gehaben des Grafen von Ruppert, der den Wagen zu Pferd folgte, brachte die Natürlichkeit, ja Naivität Larçays noch stärker zur Geltung. Die bedeutenden Ereignisse, auf deren Höhe sein Leben in der Welt begonnen, hatten ihn das menschliche Herz wie es ist erfahren lassen und zur Bildung eines unbeugsamen, kalten, positiven, wohl kurzweiligen, aber gänzlich phantasielosen Charakters das ihre beigetragen. Aber gerade solche Menschen machen starken Eindruck auf Wesen, deren Stärke die Phantasie ist. Mina war erstaunt, einen Franzosen von solcher Einfachheit zu finden. Und abends, als die Gäste das Haus verlassen hatten, fühlte sich Mina wie von einem Freunde getrennt, seit Jahren vertraut mit allen ihren Geheimnissen. Alles erschien ihr dürftig und lästig, selbst die zärtliche Zuneigung der Frau von Cély. Hatte sie doch vor ihrem neuen Freund keinen ihrer Gedanken zu verbergen brauchen! Die ständige Angst vor der leichten Pariser Ironie hatte sie bei ihm nicht genötigt, einen Schleier über ihr unbekümmertes deutsches Empfinden zu werfen. Herr von Larçay hatte sie mit all diesen kleinen Worten und Gesten verschont, welche die elegante Welt im Verkehr mit Damen vorschreibt. Er war natürlich geblieben wie sie selber, und das machte ihn um acht oder zehn Jahre älter. Ihm gehörten eine Stunde lang Minas Gedanken, als er gegangen war.

Am nächsten Tage kostete es Mina bereits Mühe, Frau von Cély zuzuhören; was sie sagte kam ihr kalt und unangenehm vor. Nicht mehr zu vergessen nötige Phantasterei war nun für Mina die Hoffnung, ein freies und aufrichtiges Herz zu finden, dem nicht jede einfachste Bemerkung Thema für den Witz wurde. Sie verträumte den Tag. Am Abend nannte Frau von Cély Herrn von Larçay und Mina erhob sich zitternd, als ob man sie gerufen hätte; tief errötend hätte sie Mühe, sich über ihre seltsame Erregung klar zu werden. In ihrer

Verwirrung konnte sie vor sich selber nicht länger geheimhalten, was sie den andern verbergen musste. Sie flüchtete auf ihr Zimmer.

»Ich bin toll«, sagte sie sich. Und in diesem Augenblick begann ihr Unglück seinen Weg, setzte es seinen ersten Schritt. »Ich liebe – und liebe einen verheirateten Mann!« Dieser Vorwurf des Gewissens quälte sie die ganze lange Nacht.

Herr von Larçay wollte mit seiner Frau nach den Bädern von Aix in Savoyen reisen; er hatte bei Frau von Cély eine Karte liegen lassen, auf der er den Damen einen kleinen Umweg gezeigt hatte, den er auf der Reise nach Aix nehmen wollte. Eines der Kinder der Frau von Cély fand das Kärtchen, das Mina rasch an sich nahm und damit in den Park ging. Hier studierte sie aufmerksam den Reiseweg des Freundes. Die Namen der Städtchen, durch die er kommen würde, klangen ihr schön und ungewöhnlich und sie dachte sich malerische Bilder von deren Lage aus, beneidete die glücklichen Bewohner. So stark war sie in diesen süßen Wahnsinn eingefangen, dass ihr Gewissen schwieg.

Es war einige Tage darauf, dass Frau von Cély sagte, die Larçays wären nach Savoyen abgereist. Die Nachricht gab Minas Denken Richtung wie mit einem Ruck. Heftiges Verlangen zu reisen empfand sie von der Minute an.

Zwei Wochen später brachte ein Genfer Mietswagen eine deutsche Dame mittleren Alters nach Aix. Diese Dame benahm sich gegen ihre Zofe so aufgebracht, dass es Frau Teineds, der Wirtin, bei der man abgestiegen war, großen Unwillen erregte. Frau Cramer, so nannte sich die deutsche Dame, ließ Frau Teined rufen.

»Verschaffen Sie mir ein Mädchen aus dem Orte, das sich in Aix und der Umgebung auskennt. Mit dem schönen Fräulein da, das ich dummerweise mitgenommen habe, und die hier nichts kennt, kann ich nichts anfangen.«

Kaum war sie mit der Zofe allein, sagte Mutter Teined zu ihr: »Na, Ihre Herrin scheint ja recht wütend auf Sie zu sein.«

»Ach, lassen Sie sie«, sagte Aniken und hatte Tränen in den Augen, »das hat sich gerade gelohnt, mich aus Frankfurt fortzunehmen, wo meine Eltern einen schönen Laden haben. Meine Mutter lässt beim besten Schneider der Stadt arbeiten und ganz auf Pariser Art.«

»Ihre Gnädige will Ihnen, wie sie mir sagte, dreihundert Franken geben, wenn Sie nach Frankfurt zurück wollen.«

»Da würde ich schön empfangen werden. Nie wird meine Mutter glauben, dass Frau von Cramer mich ohne triftigen Anlass fortgeschickt hat.«

»So bleiben Sie in Aix. Ich kann gut eine Stellung für Sie finden. Ich habe nämlich ein Dienstvermittlungsbüro, und die Badegäste beziehen von mir ihre Bedienung. Es kostet Sie sechzig Franken Spesen und dann bleiben Ihnen von den dreihundert der Frau von Cramer immer noch zehn schöne Louisdor.«

»Hundert Franken statt sechzig gebe ich Ihnen«, sagte Aniken, »wenn Sie mich bei einer französischen Familie unterbringen. Ich will nämlich perfekt französisch lernen und dann nach Paris in Dienst gehen. Ich kann sehr gut nähen, und als Treupfand werde ich bei meiner neuen Herrschaft zwanzig Louisdor hinterlegen, die ich aus Frankfurt mitgebracht habe.«

Der Zufall begünstigte den Roman, der Fräulein von Wangel schon zwei oder dreihundert Louisdor gekostet hatte: Herr und Frau von Larçay stiegen im ›Kreuz von Savoyen‹, dem Modehotel, ab. Aber Frau von Larçay fand, dass es in dem Hotel nur Spießbürger gäbe und nahm Wohnung in einem reizenden Haus am See von Bourget.

Das Badeleben war dieses Jahr recht lebhaft; eine Menge reicher Leute war da und es gab häufige Bälle, für die man sich putzte wie in Paris; und jeden Abend gab es in der Redoute große Gesellschaft.

Nicht zufrieden mit den eingebornen Aixer Mädchen, die ihr nicht geschickt und sorgfältig genug waren, wies man Frau von Larçay um ein anderes Mädchen an das Büro der Frau Teined, die zuerst ihre braven Landmädchen vorführte, bevor Aniken vorgestellt wurde, deren ernstes Aussehen Frau von Larçay gefiel; sie nahm sie in Dienst und ließ ihren Koffer holen.

Sobald am selben Abend die Herrschaft zur Redoute gegangen war, hatte sich Aniken in den Park begeben, der sich zum Seeufer hinunterzog. Träumerischer Gedanken war sie voll.

»Nun ist die große Tollheit gelungen. Aber was wird aus mir, wenn mich jemand erkennt? Was würde Frau von Cély sagen, die mich in Königsberg glaubt?« Der Mut, der sie aufrechterhalten hatte, solange es zu handeln galt, fing an Mina zu verlassen. Das Herz war ihr schwer, und schwer ging ihr der Atem. Reue, Furcht, Scham bedrängten sie und machten sie unglücklich. Da ging hinter den Bergen von Haute-Combe der Mond auf, und seine Scheibe spiegelte sich im See, dessen Wasser Wind aus Norden leicht bewegte. Große helle Wolken von wunderlichen Formen strichen eilend über den Himmel und kamen Mina wie gigantische Riesen vor. »Sie kommen aus meiner Heimat, wollen mich sehen, mir Mut machen für die Rolle, die ich spielen muss.« Ihr leidenschaftliches Auge folgte dem eilenden Zuge. »Schatten meiner Ahnen, erkennt mich, euer Blut! Mut habe ich wie ihr! Erschreckt nicht über mein wunderliches Magdkleid. Ich werde der Ehre Treue halten. Euer Erbe des heimlichen Feuers von Ehre und Heldentum findet nichts seiner würdig in diesem öden Zeitalter, in das das Geschick mich geworfen hat. Werdet ihr mich verachten, weil ich mir ein Schicksal schaffe aus meinem innern Glühen?«

Mina war nicht mehr unglücklich.

Wohlklingend schwammen Töne aus der Ferne herüber; wohl vom andern Ufer des Sees kam die Stimme, deren verhallende Melodie kaum bis zu Minas aufmerksamem Lauschen drang. Und ihre Gedanken nahmen andere Richtung. Ihr seltsames Geschick machte ihr das Herz weich.

»Wozu all meine Mühe? Würde mir je Gewissheit werden, dass die himmlische und reine Seele, von der ich träumte, wirklich in der Welt lebt? Und wenn sie lebt, wird sie für mich unsichtbar bleiben. Habe ich je mit andern vor meinem Kammermädchen gesprochen? Meine Verkleidung wird nur den Erfolg haben, mich der Gesellschaft von Alfreds Bedienten auszusetzen. Er wird sich nicht herablassen, mit mir zu sprechen.«

Tränen stürzten ihr aus den Augen.

»Aber sehen werde ich ihn wenigstens und jeden Tag! Wenigstens sehen!« Das sagte Mina ganz laut und bekam wieder Mut. »Mehr Glück war nicht für mich bereitet … Die arme Mutter hatte Recht, als sie mir sagte: ›was wirst du für Tollheiten anstellen, wenn du dich einmal verliebst!‹«

Die singende Stimme über dem Wasser klang stärker auf, und Mina merkte, dass sie von einem Boote kam, dessen leise Bewegung sich den Wellen mitteilte, die im Monde silberten. Die Stimme sang eine süße Melodie; von Mozart könnte sie sein, dachte Mina.

Und es wichen von ihr alle Vorwürfe, die sie sich machte und sie dachte nur mehr an dieses eine: das Glück, Alfred jeden Tag zu sehen.

»Muss nicht jedes Geschöpf seine Bestimmung erfüllen? Trotz aller Glücksfälle von Geburt und Vermögen setzt es sich durch, dieses mein Los, das nicht ist, als Stern an einem Hofe oder auf einem Balle zu glänzen. Ich zog aller Blicke auf mich; man bewunderte mich, und mein Überdruss an all dem wurde Schwermut. Man drängte sich, mit mir zu sprechen, und ich langweilte mich. Glückliche Augenblicke gab es nur, wenn ich ungestört von Lästigen Mozartsche Musik hörte. Der Mensch will glücklich sein, das trieb mich zu dem Seltsamen, das ich tue, und das mich entehren wird. Sei es immer! Das Kloster ist letzte Zuflucht.«

Vom andern Ufer herüber klang der Schlag einer Kirchenuhr. Es war Mitternacht. Mina schauerte es. Der Mond stand hinter Wolken. Sie ging ins Haus zurück. Auf der Galerie, die gegen See und Garten ging, erwartete Mina als Aniken ihre Herrschaft.

»Meine Vorväter verließen ihre Burgen, um ins Heilige Land zu ziehen; verkleidet wie ich, im Kampf mit tausend Gefahren, kamen sie Jahre darauf zurück. Der Mut, der sie belebte, wirft mich in die einzigen Gefahren, die in diesem platten und gewöhnlichen Jahrhundert meinem Geschlechte zugeteilt sind. Geh ich mit Ehren daraus hervor, so mögen die großen Geister meiner Ahnen über meine Schwäche sich verwundern, aber im geheimen werden sie mir verzeihen.«

Rasch vergingen die Tage und söhnten Mina mit ihrem Schicksal aus; heitern Mutes nahm sie die Pflichten ihres neuen Standes auf sich. Als ob sie eine Komödie spielte, schien es ihr oft, und lachte über sich selber, entschlüpfte ihr eine Bemerkung, die zu ihrer Rolle nicht passte. Nach dem Frühstück pflegte die Herrschaft auszufahren. Als eines Tages der Lakai den Wagentritt herunterließ, kam Mina raschen Schrittes und wollte einsteigen; sie hatte ganz vergessen, dass sie Aniken war.

»Das Mädchen ist verrückt«, sagte Frau von Larçay, und Alfred sah zum ersten Male Mina aufmerksamer an; er fand das Mädchen von vollendeter Anmut.

Gedanken der Pflicht und Furcht vor Lächerlichkeit kannte Mina so wenig wie praktische Menschenklugheit. Ihre einzige Sorge war, den Verdacht der Frau von Larçay nicht zu erregen, mit der sie, kaum sechs Wochen war es her, einen ganzen Tag in einer ganz andern Rolle als ihrer jetzigen verbracht hatte.

Jeden Tag stand Mina frühmorgens auf und machte die Toilette ihrer selbstgewählten Rolle mit Sorgfalt. Wie oft hatte man ihr gesagt, dass es schwer sei, ihr volles blondes Haar zu vergessen – nun hatte die Schere darin gehaust. Eine Tinktur gab ihrem hellen Teint einen dunklen Ton. Ein Abguss von Stechapfelblättern war das Wasser, in dem sie jeden Morgen ihre zarten Hände wusch, um die Haut rauh zu machen. Um ganz in ihrer Rolle zu sein, bemühte sich Mina auch um ihre Gedanken, nahm ihnen Flug und Höhe. Ganz in ihr Glück eingesponnen, hatte sie zu reden kein Verlangen. So saß sie im Zimmer der Frau von Larçay am Fenster, damit beschäftigt, die Robe für den Abend zurechtzumachen und auf Alfreds Stimme zu lauschen in wachsender Bewunderung seines Wesens. Ich erzähle von einem deutschen Mädchen und kann es deshalb sagen: Es gab Augenblicke, wo sie ganz hingerissen von Glück des Glaubens war, Alfred sei ein höheres Wesen.

Der aufrichtige Eifer, mit dem Mina ihrem Dienste oblag, hatte seine natürliche Wirkung auf Frau von Larçay, die eine recht gewöhnliche Natur war; sie behandelte Mina von oben herunter wie ein armes Ding, das überglücklich sein müsste, Beschäftigung zu bekommen. »Bei dieser Frau wird alles Lebendige und Echte immer falsch am Platze sein«, sagte sich Mina und ließ ihre Absicht erraten, wieder bei Frau von Cramer in Dienst zu treten, zu deren Besuch sie fast jeden Tag um Urlaub bat.

Mina hatte gefürchtet, ihre Manieren könnten Frau von Larçay auf ihr gefährliche Gedanken bringen; aber sie merkte bald mit Vergnügen, dass die neue Herrin in ihr nur ein Mädchen sah, das im Schneidern weniger geschickt war als die in Paris zurückgelassene Zofe. Herr Dubois, Alfreds Kammerdiener, war schwieriger. Der vierzigjährige, sorgfältig gekleidete Pariser hielt es für seine Pflicht, der neuen Kollegin den Hof zu machen. Aniken brachte ihn zum Erzählen und war froh, als seine einzige Leidenschaft ein Café in Paris zu entdecken, das er einmal mit seinen Ersparnissen aufmachen wollte. Mina machte daraufhin Herrn Dubois ungeniert Geldgeschenke, und alsbald bediente er sie mit ebensoviel Hochachtung wie Frau von Larçay selber.

Hätte während der beiden ersten Monate, die Fräulein von Wangel in Aix verbrachte, einer sie um ihr Ziel gefragt, die Kindlichkeit ihrer Antwort würde ihn erstaunt haben und er hätte auf eine kleine Heuchelei geraten. Den angeschwärmten Mann immer sehen und hören können, war, was sie vom Leben wollte; nichts anderes begehrte sie, viel zu glücklich darin, als dass sie an die Zukunft gedacht hätte. Hätte ein nachdenklicher Freund ihr gesagt, diese Liebe könnte einmal aufhören, so rein und unschuldig zu sein, so hätte sie das eher erzürnt als erstaunt. Mina gab sich ganz der Lust hin, den Charakter ihres Angebeteten zu studieren und zu bewundern, dessen stille einfache Art im starken und beglückend empfundenen Gegensatz zu der hohen Gesellschaft stand, in welche Rang und Vermögen ihres Vaters, der Mitglied des Herrenhauses gewesen war, Mina gestellt hatten. Unter Bürgern lebend, hätte Larçays Einfachheit und Abneigung gegen alles Vornehmtun ihn diesen Bürgern als einen mittelmäßigen Menschen erscheinen lassen. Niemals suchte er etwas Witziges um des Witzes willen zu sagen, welche Eigentümlichkeit vom ersten Tage an das meiste dazu getan hatte, Minas Aufmerksamkeit zu erregen. Sie sah ja die Franzosen durch das Vorurteil ihrer Heimat, und so kam ihr französische Unterhaltung immer vor wie Suchen nach einer Pointe, nach dem Kehrreim des gerade populären Gassenhauers. Larçay war in seinem Leben mit so vielen vortrefflichen Menschen zusammengekommen, dass er aus der bloßen Erinnerung geistvoll sein konnte; aber er mied es wie eine Niedrigkeit, Dinge auch in der gewöhnlichsten Konversation zu sagen, die er nicht selber in diesem Augenblick gewissermaßen erfunden hätte; einen Scherz, ein Wort, das ebensogut auch ein anderer in der Gesellschaft sagen konnte, das sagte er nicht. Er verbilligte, was er zu sagen hatte, nicht in die kurrente Münze witziger Konversation.

Jeden Abend begleitete Herr von Larçay seine Frau bis zu den Türen des Redoutensaales und kehrte dann wieder nach Hause zurück, um sich, ein leidenschaftlicher Botaniker, mit seinen Pflanzen zu beschäftigen, die er in Mappen in dem Salon untergebracht hatte, in dem Aniken arbeitete. Jeden Abend waren sie ganze Stunden allein beisammen, ohne dass von der einen oder der andern Seite ein Wort gesprochen wurde. Beide waren sie wie befangen und dennoch im Gefühle eines unbestimmten Glückes. Eine einzige kleine Aufmerksamkeit erlaubte sich Aniken, und auch diese nur, weil sie in den Pflichtenkreis ihrer Stelle gerechnet werden konnte: sie richtete die Gummilösung her, dazu dienend, die getrockneten Pflanzen ins Herbarium zu kleben. Kam Alfred einmal nicht, so beschäftigte sich Mina mit den Pflanzen, die er von seinen Ausflügen mitgebracht hatte; sie begann die Botanik zu lieben und ließ es Alfred merken, der diese botanischen Neigungen des Mädchens erst für ihn ganz bequem, dann aber bald seltsam fand. »Er liebt mich«, sagte sich Mina, »aber mein dienender Eifer hatte schlimme Wirkung auf Frau von Larçay, ich muss vorsichtig damit sein.«

Eine angebliche Erkrankung der Frau von Cramer benutzte Mina, um die Erlaubnis zu bitten, ihre Abende bei der alten Herrin zu verbringen. Herr von Larçay merkte mit Erstaunen, dass sein Interesse an der Botanik abnehme; er blieb die Abende in der Redoute, wo ihn seine Frau mit der Langweile seiner Einsamkeit neckte. Larçay musste sich gestehen, dass er an dem jungen Mädchen Gefallen gefunden hatte; seine Schüchternheit in ihrer Gegenwart verdross ihn; und für einen Augenblick kam ihm ein Lebemannsgedanke: »Warum soll ich es nicht machen wie es jeder meiner Freunde täte? Es ist doch schließlich nur eine Kammerzofe!«

An einem regnerischen Abend blieb Mina zu Hause. Larçay ließ sich nur für einen Augenblick in der Redoute sehen. Er tat überrascht über Minas Anwesenheit im Salon. Mina merkte dieses kleine falsche Spiel und es nahm ihr alles Glück, das sie sich von diesem Abend versprochen hatte. Und dies gab ihr wohl auch die echte Entrüstung, mit der sie Larçays kecken Angriff zurückwies. Sie begab sich in ihr Magdzimmer.

»Ich habe mich getäuscht«, sagte sie sich. »Diese Franzosen sind alle gleich.«

In dieser Nacht war sie darauf und daran, nach Paris zurückzukehren. Der verachtende Blick, mit dem sie am nächsten Tage Larçay ansah, war nicht gespielt. Larçay war geärgert. Er beachtete Mina überhaupt nicht mehr und verbrachte seine Abende in der Redoute. Ahnungslos gebrauchte er das beste Mittel. Seine Kühle ließ Mina die Rückkehr nach Paris vergessen. »Der Mensch ist mir nicht gefährlich«, sagte sie sich; und acht Tage später verzieh sie ihm in ihrem Gefühle den kleinen Rückfall in den französischen Nationalcharakter.

An der Langweile unter den Damen in der Redoute merkte Larçay, dass er verliebter war als er gedacht hatte. Aber er gab nicht nach. Er ließ gern seine Augen auf Mina, sprach auch mit ihr, vermied es aber, abends mit ihr allein zu sein. Mina wurde unglücklich. Und vergaß darüber die morgendliche Sorgfalt bei ihrem Schminken und Färben. »Seltsam«, sagte sich Larçay, »Aniken wird jeden Tag schöner.«

Eines Abends kam er zufällig nach Hause. Er konnte sich nicht länger beherrschen und bat Aniken um Verzeihung wegen der Leichtfertigkeit von unlängst.

»Ich fühlte, dass Sie mir ein Interesse einflößten, das ich noch nie für jemanden empfunden habe, und ich bekam Angst davor. Ich wollte mich kurieren oder mich mit Ihnen überwerfen. Seitdem bin ich der unglücklichste Mensch.«

»Wie Sie mich glücklich machen, Alfred!« rief Mina strahlend vor Glück. Diesen und die nächsten Abende gehörten dem Geständnis ihrer Liebe bis zur Tollheit und dem gegenseitigen Versprechen, nie die erlaubten Grenzen zu überschreiten.

Larçays bedächtiges Wesen war Illusionen ganz unzugänglich. Er wusste, dass Verliebte immer besondere Vorzüge an dem geliebten Geschöpf entdecken. Die Schätze von Geist und Zartgefühl, die er bei Mina fand, überzeugten ihn, dass er wirklich und wahrhaftig verliebt war. »Kann dies nur eine Täuschung sein?« fragte er sich und verglich Minas Worte vom Abend vorher mit dem, was die Damen in der Redoute redeten. Mina wieder fühlte, dass sie nah daran gewesen war, den Geliebten zu verlieren. Was wäre aus ihr geworden, wenn er weiter seine Abende in der Redoute verbracht hätte! Sie spielte nun nicht länger mehr das Mädchen aus dem Volke; nie im Leben war sie gefallsüchtig gewesen. »Muss ich ihm sagen, wer ich bin? Er muss, so wie er ist, meine Tollheit tadeln, auch wenn sie für ihn begangen wurde. Dann muss mein Schicksal sich auch hier in Aix entscheiden. Nenne ich ihm Fräulein von Wangel, deren Landgut nur wenige Meilen weit von dem seinen, so weiß er ja, dass er mich in Paris wiedersieht. Und er muss doch durch die Gewissheit, mich nie mehr wiederzusehen, zu dem Ungewöhnlichen bestimmt werden, das zu unserm Glück notwendig ist. Wird dieser besonnene ruhige Mann sich entschließen, die Religion zu wechseln, sich von seiner Frau scheiden zu lassen und als mein Mann auf meinen ostpreußischen Gütern zu leben?«

Das Wort »illegitim« stellte sich nicht als unüberwindliches Hindernis vor Minas Pläne. Und da sie ohne Zögern tausendmal ihr Leben für diesen Mann geopfert hätte, glaubte sie sich mit keinem Schritt von der Sittsamkeit und Tugend zu entfernen.

Frau von Larçay begann eifersüchtig auf Aniken zu werden. Die seltsame Veränderung im Gesichte des jungen Mädchens war ihr nicht entgangen, und sie schrieb sie der Koketterie zu. Erst wollte sie Aniken ohne weiteres aus dem Hause werfen, aber die Damen ihrer Bekanntschaft stellten ihr vor, dass sie einer kleinen Laune des Gatten keine solche Wichtigkeit geben dürfe; zu vermeiden wäre nur, dass Herr von Larçay das Mädchen nach Paris kommen lasse. »Seien Sie klug, und die Geschichte ist mit der Saison zu Ende.«

Frau von Larçay sprach mit Frau Cramer. Und ihrem Gatten gab sie in halben Sätzen und Anspielungen zu verstehen, dass diese Aniken nichts als eine Abenteuerin sei, die wegen irgendeines straffälligen Streiches von der Wiener oder Berliner Polizei verfolgt sich in Aix verborgen halte und hier wahrscheinlich die Ankunft ihres Helfershelfers erwarte. Die Sache weiter zu untersuchen sei ja nicht ihre, der Frau von Larçay, Aufgabe, aber man müsse nach allem die Wahrscheinlichkeit eines Gerüchtes zugeben, das doch mehr als ein Gerücht sein könnte. In Alfreds Seele warfen diese Worte Verwirrung. Es stand für ihn längst außer Zweifel, dass Aniken keine Kammerzofe war, aber welchen schwerwiegenden Grund hatte sie, diese mühsame Rolle zu spielen? Es konnte nur Furcht sein.

Mina erriet leicht die Ursache der Unruhe in Larçays Blick. Eines Abends war sie so unvorsichtig, ihn zu fragen; und er gestand. Mina war bestürzt. Larçay war ja der Wahrheit so nahe, dass sie zunächst große Mühe hatte, sich zu verteidigen. Jene Frau Cramer war ihrer Rolle untreu geworden und hatte erraten lassen, dass Aniken an Geld kein großes Interesse nehme. Verzweifelt über den Eindruck, den die Äußerungen jener Frau auf Larçay machten, war Mina nahe daran, zu sagen, wer sie war. Der Mann, der Aniken bis zum Wahnsinn liebte, würde auch Mina von Wangel lieben. Aber er würde ja dann sicher sein, sie in Paris zu treffen, und so könnte sie nicht das Opfer von ihm erreichen, das ihre Liebe notwendig brauchte!

In solcher Qual verbrachte Mina den Tag, der ihr einen noch schwereren Abend brachte. Würde sie, mit Alfred allein, den Mut finden, der Traurigkeit in seinen Augen zu widerstehen? Würde sie es ertragen können, dass ein nur zu natürlicher Argwohn seine Liebe schwäche oder gar zerstöre?

Larçay führte des Abends seine Frau in die Redoute und er kam nicht zurück. Es war Maskenball und die Straßen voll mit Neugierigen, die zu Wagen aus Chambéry, ja aus Genf gekommen waren. Der lustige Lärm in den Gassen steigerte Minas trübe Schwermut. Sie hielt es im Salon nicht mehr aus, wo sie seit Stunden vergeblich auf die Rückkehr des Geliebten gewartet hatte. Sie ging zu Frau Cramer, ihrer Gesellschaftsdame. Diese Frau bat sie sehr kühl um ihre Entlassung; sie wäre zwar arm, vermöchte aber die wenig saubere Rolle nicht weiter zu spielen, die ihr das Fräulein gegeben habe. Zu verstandesmäßigen Erwägungen war Mina unfähig; aber in außergewöhnlichen Situationen bedurfte es nur eines Wortes, dass sie klar erkannte. Sie war ganz betroffen von der Bemerkung der Frau. »Meine Verkleidung täuscht niemanden mehr«, sagte sie sich. »Ich habe meine Ehre verloren und man nimmt mich für eine Abenteurerin. Aber da ich alles für ihn verloren habe, wäre ich toll, gönnte ich mir nicht das Glück, ihn zu sehen. Ich will auf den Ball gehen.«

Sie ließ sich ihren Domino kommen und legte kostbaren Schmuck an, den sie aus Paris mitgenommen hatte. Der Schmuck sollte sie unter der Menge der Masken auffallend machen; vielleicht würde Larçay sie ansprechen.

Am Arm ihrer Gesellschafterin betrat Mina den Ballsaal: ihr beharrliches Schweigen auf jede Anrede der Masken erregte Neugierde. Endlich entdeckte sie Herrn von Larçay. Er kam ihr sehr niedergeschlagen vor. Mina durchschauerte ein Gefühl des Glückes. Da sagte sehr leise eine Stimme hinter ihr: »Die Liebe erkennt Fräulein Mina von Wangel in jeder Verkleidung.« Bestürzt drehte sich Mina um und erkannte den Grafen von Ruppert. Eine schlimmere Begegnung konnte es für sie nicht geben. Er redete weiter. »Ich habe Ihre in Berlin gefassten Brillanten wiedererkannt. Ich komme aus Teplitz, Spa, Baden-Baden. Ich suchte Sie in allen Bädern Europas« – »Noch ein Wort« sagte Mina, »und Sie sehen mich nie mehr wieder. Seien Sie morgen abend um sieben gegenüber dem Hause Nummer siebenzehn rue de Chambéry.«

»Wie kann ich ihn hindern, mein Geheimnis den Larçays zu verraten?« – dieser Gedanke hielt Mina die Nacht in qualvoller Unruhe. Immer wieder kam ihr der Gedanke, Pferde zu bestellen und sofort abzureisen. »Aber dann wird Alfred sein Leben lang glauben, dass diese geliebte Aniken eine dunkle Abenteurerin war auf der Flucht vor den Folgen einer schlechten Tat. Und fliehe ich, ohne diesen Herrn von Ruppert zu sprechen, so wird ihn auch die Ehre nicht hindern, zu reden. Aber was nur, was sage ich ihm, wenn ich bleibe?«

Auf dem Balle scharte Frau von Larçay wie immer die ganze vornehme und geistlose Männerwelt, die ihre Langweile durch die Bäder spazieren führt, um sich. Der Domino erlaubte freiere Unterhaltung als im Salon, und so sprach man von der schönen deutschen Kammerzofe, der eine und andere sogar mit wenig delikaten Anspielungen auf eine Eifersucht der Herrin, und eine Maske riet ihr ganz ungeniert, sich doch an ihrem Gatten mit einem Liebhaber zu rächen. Das Wort wirkte Unheil in der besonnenen Frau, die solchen Ton nicht kannte.

Andern Tages gab eine Spazierfahrt auf dem See Mina frei, die sich zu Frau Cramer begab, wo sie den Grafen Ruppert empfing. Er hatte sich von seinem Erstaunen noch nicht erholt.

»Ein großes Missgeschick hat meine Lage völlig verändert und bringt mich dazu, Ihre Liebe zu würdigen. Passt es Ihnen, eine Witwe zu heiraten?«

»Wie? Sie wären heimlich vermählt gewesen?«

»Haben Sie das nicht daraus erkennen können, dass ich Ihre Hand ausschlug?«

»Sie sind ein seltsames Geschöpf«, sagte Ruppert.

Aber Mina unterbrach ihn: »Ich bin mit einem meiner unwürdigen Mann verheiratet. Aber meine protestantische Religion, die Sie annehmen zu sehen ich glücklich wäre, gestattet mir die Scheidung. Glauben Sie indessen nicht, dass ich in diesem Augenblick für irgendjemand Liebe empfinden kann und wäre es auch ein Mann, der mir die höchste Achtung und das größte Vertrauen einflößte – ich kann Ihnen nur Freundschaft anbieten. Ich liebe Frankreich und möchte in Frankreich bleiben. Ich brauche einen Beschützer. Sie haben einen Namen, besitzen Geist und alles, was Stellung in der Welt gibt. Ein großes Vermögen kann aus Ihrem Hause das erste in Paris machen. Wollen Sie mir folgen wie ein Kind? Dann, aber nur um diesen Preis, bin ich in einem Jahre die Ihre.«

Während Minas langer Rede überlegte der Graf die Wirkungen eines unangenehmen Romanes auf die Welt, den Minas Vorschlag zu spielen verlangte, der aber immerhin ein bedeutendes Vermögen einbrachte und ihn mit einer im Grunde vortrefflichen Frau versorgte. Er suchte auf alle Arten tiefer in Minas Geheimnis einzudringen, die ihn lächelnd abwehrte.

»Nichts kann nutzloser sein als die Mühe, die Sie sich geben, lieber Graf. Was ich Ihnen sagte, muss Ihnen genügen. Würden Sie den Mut eines Löwen und die Folgsamkeit eines Kindes aufbringen?«

»Ich bin Ihr Sklave«, sagte Ruppert und küsste ihre Hand.

»Ich lebe verborgen in der Nähe von Aix, aber ich höre von allem, was sich hier zuträgt. Seien Sie von heute ab in einer Woche am Seeufer gegen Mitternacht; Sie werden eine Feuerpfanne auf dem Wasser schwimmen sehen, Zeichen, dass ich am Tag darauf um neun Uhr abends hier sein werde; ich erlaube Ihnen, zu kommen. Aber nennen Sie jemandem meinen Namen, so sehen Sie mich in Ihrem Leben nicht wieder.«

Während der Spazierfahrt auf dem See war des öftern von Anikens Schönheit die Rede gewesen. Frau von Larçay kam daher in einem Zustande von Gereiztheit nach Hause, der ihrem sonst so gemessenen Wesen ganz fremd war. Sie sagte Mina harte Worte, die das deutsche Mädchen um so mehr schmerzten, als sie in Alfreds Gegenwart gesprochen wurden und er sie mit keinem Wort verteidigte. Mina antwortete Frau von Larçay zum ersten Male mit einiger Schärfe, und diese glaubte den Ton sich nicht anders erklären zu können, als mit der Sicherheit eines Mädchens, das auf seine Liebe pocht und darüber ihre Stellung vergisst. Ihr Zorn kannte nun keine Grenzen mehr. Sie beschuldigte Mina, dass sie sich mit Liebhabern Rendezvous bei Frau Cramer gebe. »Hat mich dieser Schuft von Ruppert schon verraten?« fragte sich Mina. Herr von Larçay sah sie scharf an, wie um sie zu inquirieren, und die Unzartheit dieses Blickes gab Mina den Mut der Verzweiflung. »Es ist eine Lüge«, sagte sie und schwieg. Frau von Larçay jagte sie darauf aus dem Hause. Es war zwei Uhr morgens.

Mina ließ sich von Dubois zu Frau Cramer begleiten. Hier schloss sie sich in ihr Zimmer ein und vergoss Tränen des Zornes in dem Gedanken, wie wenige Mittel zur Rache ihr die freiwillig gewählte Stellung ließ.

»Wäre es nicht das beste, hier alles im Stich zu lassen und nach Paris zurückzukehren! Ich komme hier nicht zu Ende. Es geht über meine Kraft. Aber Larçay, er wird mich sein Leben lang verachten als Aniken, die Abenteurerin!« Mina fühlte, dass diese grausame Vorstellung sie nicht mehr verlassen würde, dass sie in Paris noch unglücklicher wäre als hier in Aix. »Frau von Larçay verbreitet Lügen über mich, Gott weiß, was in der Redoute von mir alles erzählt wird!

Das Gerede wird mir Alfred rauben. Wie sollte es denn ein Franzose anfangen, nicht zu denken wie alle Welt denkt? Er konnte anhören, was mir seine Frau sagte, und hatte kein Wort des Widerspruches, kein Wort des Trostes für mich. Liebe ich ihn denn noch? Sind diese Qualen, die ich erleide, nicht die letzten Regungen dieser unseligen Liebe, die zu sterben kommt? Es ist gemein, sich nicht zu rächen.« Die Rache war Minas letzter Gedanke.

Bei Tagesanbruch ließ sie Herrn von Ruppert rufen. Ihn erwartend, durchschritt sie unruhig den Garten. Eine schöne Sommersonne stieg langsam auf über freundlich-morgendlicher Natur. Der Anblick steigerte Minas Zorn. Endlich kam der Erwartete. »Er ist ein Geck«, sagte sich Mina, »man muss ihn erst eine Stunde lang schwätzen lassen.«

Mina empfing Herrn von Ruppert im Salon. Ihr Blick lag auf dem Zifferblatt der Wanduhr, deren Minuten sie zählte. Der Graf war entzückt. Zum ersten Mal hörte diese kleine Deutsche ihm mit der Aufmerksamkeit zu, die seine Liebenswürdigkeit verdiente.

»Glauben Sie nun wenigstens an meine echten Gefühle für Sie?« fragte er nun Mina, welche gerade fünfzig Minuten gezählt hatte.

»Ich glaube alles. Rächen Sie mich.«

»Was habe ich zu tun?«

»Sie haben Frau von Larçay zu gefallen. Sie haben ihrem Gatten die Gewissheit zu geben, dass sie ihn betrüge. Die Gewissheit ohne jeden Zweifel. Dann wird er an ihr das vergelten, was mir diese Frau angetan hat.«

»Ihr kleiner Plan ist schlimm«, sagte der Graf.

»Sie wollen sagen, zu schwer für Sie«, sagte Mina und lächelte ein wenig ironisch.

»Schwer? Nein«, sagte Ruppert empfindlich und fügte im leichtfertigsten Ton gleich hinzu: »Ich werde diese Frau zugrunde richten. Schade, sie ist eine gute Person.«

»Vergessen Sie nicht, Herr von Ruppert, dass ich Sie durchaus nicht verpflichte, Frau von Larçay wirklich zu gefallen. Was ich wünsche, ist nur der trügende Schein. Der Gatte soll nicht daran zweifeln, dass Sie gefallen.«

Der Graf verabschiedete sich. Mina fühlte Erleichterung. Sich rächen ist handeln, handeln ist hoffen. »Wenn Larçay stirbt«, sagte sie sich, »würde ich sterben.« Und sie lächelte. Das Glück, das sie in diesem

Augenblick empfand, schied sie für immer von der ehrbaren Tugend. Die Prüfung dieser Nacht war zu schwer für sie gewesen. Darauf war sie nicht gefasst gewesen, in seiner Gegenwart verleumdet zu werden und ihn dieser Verleumdung Glauben schenken zu sehen. Ehrbare Tugend – das Wort wird sie künftig wohl noch aussprechen können, aber sie wird damit ein Trugbild bezeichnen. In ihrem Herzen war nichts mehr sonst als Leidenschaft der Liebe und der Rache.

Sie entwarf den Plan – war er ausführbar? Das war ihr einziger Zweifel, denn sie hatte nur diese beiden Hilfsmittel, die Ergebenheit eines Gecken und ihr Geld. Würde das genügen?

Da trat Herr von Larçay in ihr Zimmer.

»Was wollen Sie hier?« sagte Mina kühl.

»Ein Unglücklicher will mit seiner besten Freundin auf der Welt weinen.«

»Ihr erstes Wort hätte sein müssen, dass Sie die gegen mich gerichteten Verleumdungen nicht glauben. Gehen Sie!«

»Das muss ich erst sagen? Es gibt für mich kein Glück ohne Sie, Aniken!« Larçay hatte Tränen in der Stimme, als er das sprach. »Nennen Sie ein vernünftiges Mittel, das uns vereint, und ich bin bereit, alles zu tun. Verfügen Sie über mich wie Sie wollen. Reißen Sie mich aus dem Abgrund, in den der Zufall mich gestürzt hat. Ich sehe keinen Weg. Geben Sie mir ihn.«

»Ihre Gegenwart hier macht wahr, was Frau von Larçay gesagt hat. Ich bitte, verlassen Sie mich. Ich will Sie nie mehr sehen.«

Larçay ging; er sprach kein Wort mehr. »Er weiß mir nichts zu sagen!« jammerte Mina verzweifelt darüber, dass sie den Geliebten fast verachten musste. »Er fand kein Mittel, ihr näher zu kommen! Kein Wort! Keine Geste! Er, ein Mann, ein Soldat! Und sie, ein junges Mädchen, hatte in ihrer Liebe zu ihm doch Mittel gefunden, zu ihm zu kommen, und welch schreckliches, das sie entbehren musste, wenn man davon erführe! Und er sagt: nennen Sie ein vernünftiges Mittel. Ein vernünftiges Mittel!«

Aber Mina holte aus diesen Worten wieder einen kleinen Trost: er gab ihr mit diesen Worten doch eine Vollmacht, zu handeln, wie es ihr recht dünke! Aber alsbald hatte in ihr wieder der Anwalt des Schmerzes das Wort: »Alfred hat nicht gesagt, dass er die Verleumdungen nicht glaube! Ich sehe nicht aus wie ein Kammermädchen. Er muss sich ja fragen; weshalb ich mich verkleide … So wie er ist, muss er sich das fragen! Und ich … ich kann ohne ihn nicht leben! ›Finden Sie ein Mittel, das uns vereint, ich bin bereit, alles zu tun‹ – das waren seine Worte. Er ist schwach. Er belastet mich mit der Sorge für unser Glück. Ich will die Last auf mich nehmen.«

Mina schritt lebhaft durch den Salon.

»Dies zu wissen, ist das nächste: ob seine Leidenschaft stark genug ist, meine Abwesenheit zu ertragen, oder – ob er ein ganz verächtlicher Mensch ist. Ist er das, dann wird Mina von Wangel ihn vergessen können.«

Eine Stunde später fuhr Mina in das zwei Meilen entfernte Chambéry. Herr von Larçay war nichts weniger als religiös, aber er hielt es für schlechten Ton, keine Religion zu haben. Als Frau von Cramer in Chambéry eintraf, ließ sie sich einen jungen Genfer Predigtamtskandidaten kommen, der ihr und Aniken jeden Abend die Bibel erklärte. Frau Cramer nannte Aniken von nun ab und um sie etwas für ihr früheres Aufbegehren zu entschädigen, ihre Nichte. Sie wohnte im besten Gasthof, und wie sie da ihren Tag verbrachte, konnte jedermann, den es interessierte, sehen. Da sie sich krank glaubte, ließ sie die ersten Ärzte von Chambéry kommen, die sie gut bezahlte. Auch Mina konsultierte sie gelegentlich wegen eines Hautleidens, das den schönen Farben ihres Teints gelegentlich eine leicht bräunliche Tönung gab. Die Gesellschaftsdame fand sich in ihre Situation wie in den angenommenen Namen Cramer und Minas Art; sie hielt einfach Fräulein von Wangel für nicht ganz richtig im Kopfe, welche Meinung sie enthob, sich weiter den ihren zu zerbrechen.

Mina hatte die Charmettes gemietet, jenes Landhaus eine halbe Meile von Chambéry, in dem Rousseau, wie er erzählt, die glücklichsten Augenblicke seines Lebens genoss. Mina las Rousseau als ihren einzigen Trost.

Seit jener letzten Unterredung vor zwei Wochen hatte sie Herrn von Larçay nicht gesehen, als sie ihm, eine Welle Glückes stieg in ihr auf, an einer Wegbiegung im Kastanienwäldchen oberhalb Charmettes plötzlich gegenüberstand. Mit einer Schüchternheit, die sie entzückte, schlug ihr vor, den Dienst bei Frau Cramer zu verlassen und eine kleine Rente von ihm anzunehmen. »Sie würden eine Kammerzofe haben, statt selber eine zu sein, und ich würde Sie immer nur in Gegenwart dieser Zofe sehen.«

Aniken wies dieses Anerbieten zurück, das sich nicht mit ihren frommen Grundsätzen vertrüge. Zudem wäre Frau Cramer jetzt so nett zu ihr und schiene ihr Benehmen bei der Ankunft in Aix zu bereuen. »Ich habe die Verleumdungen, denen ich von Frau von Larçay ausgesetzt war, nicht vergessen, und sie machen es mir zur Pflicht, Sie inständig zu bitten, nicht wieder nach den Charmettes zu kommen.«

Als Mina einige Tage darauf nach Aix fuhr, konnte sie mit Herrn von Ruppert zufrieden sein. Bei einer Lustpartie nach der Abtei Haute-Combe, die Frau von Larçay mit ihrer Gesellschaft unternahm, hatte der Graf es nach Minas Anweisungen vermieden, mit von der Partie zu sein. Aber er ließ sich in der Nähe der Abtei bemerken, was den Freundinnen der Frau von Larçay Gelegenheit zu allerlei Deutungen gab. So beschäftigte sie denn die ungewöhnliche Schüchternheit bei einem für seine Kühnheit bekannten Manne, und sie erklärten sich dies mit einer ungewöhnlich großen Leidenschaft für Frau von Larçay.

Von Dubois, dem Kammerdiener, erfuhr Mina, dass sein Herr melancholisch sei. »Er vermisst eben eine liebenswürdige Gesellschaft«, sagte Dubois, »und dann ist da noch etwas, das man von einem so besonnenen Manne gar nicht erwartete: er ist eifersüchtig auf Herrn von Ruppert.«

Die Eifersucht Larçays machte Herrn von Ruppert Spaß. »Wollen Sie mir erlauben«, sagte er zu Fräulein von Wangel, »dass ich den armen Larçay einen leidenschaftlichen Brief abfangen lasse, den ich seiner Frau schreibe? Ihr Leugnen muss sehr erheiternd sein, entschließt er sich, ihr von dem Brief zu sprechen.«

»Schreiben Sie. Aber eines müssen Sie unbedingt vermeiden: ein Duell mit Larçay. Fiele er in einem Zweikampf, werde ich Sie nie heiraten.«

Mina fürchtet, diese Worte zu hart gesprochen und sich damit in das Misstrauen des Herrn von Ruppert gesetzt zu haben; aber sie überzeugte sich rasch, dass dieser Mann gar kein Gefühl dafür hatte, wie fremd er ihr war. Er entzückte sich in der Darstellung seiner Manöver bei Frau von Larçay, die ihm für seine Aufmerksamkeiten nicht ganz unempfänglich schiene und wie er sich, ihr öffentlich den Hof machend alle Mühe gebe, immer, wenn er mit ihr allein wäre, ihr die gleichgültigsten Dinge der Welt auf die langweiligste Art zu sagen.

Mina blieb bei der halben Verachtung dieses Menschen nicht stehen. Sie fragte ihn ganz geschäftsmäßig kühl über eine beabsichtigte Kapitalsanlage in französischer Rente um seinen Rat und zeigte ihm die Briefe des Königsberger und Pariser Bankiers. Und sie konstatierte die Wirkung dieser Briefe, die sie wollte: ihr Anblick ließen Herrn von Ruppert ein Wort nicht aussprechen, das sie nicht hören wollte: »Ihr Interesse für Herrn von Larçay, mein Fräulein ...«

Graf Ruppert erging sich ausführlich über französische Renten.

»Und da gibt es Leute«, sagte sich Mina, »die den Grafen für geistvoller und interessanter halten als Alfred! Es ist doch ein Volk von Chansondichtern. Mir wäre weiß Gott die Biedermannstüchtigkeit meiner guten Deutschen lieber, gäbe es da nicht die Notwendigkeit, bei Hofe zu erscheinen und den Flügeladjutanten des Großherzogs zu heiraten.«

Alsbald brachte Dubois die Nachricht von einem eigenartigen Briefe des Grafen an die gnädige Frau, den Herr von Larçay abgefangen habe. Larçay habe ihn seiner Frau gezeigt, die den Brief einen schlechten Scherz nannte.

Dieser Bericht machte Mina besorgt. Alle Rollen konnte dieser Herr von Ruppert spielen, nur nicht die eines sich beherrschenden Menschen. Mina lud ihn für acht Tage nach Chambéry ein; er zeigte wenig Lust zu kommen. »Ich kann mich nicht lächerlich machen. Ich schreibe einen Brief, der mich in Folgen stürzen kann; es darf also nicht so aussehen, als wollte ich mich verstecken, und das wäre der Fall, verschwände ich jetzt nach Chambéry.«

»Aber verstecken, das sollen Sie sich ja gerade!« erklärte ihm Mina.

»Wollen Sie mich rächen, ja oder nein? Ich will nicht, dass Frau von Larçay mir das Glück verdankt, Witwe zu werden. Verstehen Sie mich doch!«

»Ich verstehe. Es wäre Ihnen lieber, dass Herr von Larçay Witwer würde, wie?«

Mina vergaß sich, als sie heftig sagte: »Was kümmert Sie das?«

Herr von Ruppert ging. Er erwog die geringe Wahrscheinlichkeit, die der von ihm gefürchtete Vorwurf der Feigheit hinsichtlich der Glaubhaftigkeit haben würde. Seine Eitelkeit erinnerte ihn daran, wie in der Welt bekannt sein Mut war. Ein Schritt könnte die Tollheiten seiner Jugend gut machen und ihm in einem Augenblick die große Stellung in Paris verschaffen, das war mehr wert wie ein Duell.

Der erste Mensch, den Mina am Tage nach ihrer Rückkehr aus Aix in den Charmettes sah, war Herr von Ruppert, und sie atmete auf, dass er da war. Sie zitterte, als man ihr am selben Abend Herrn von Larçay meldete.

»Ich will keine Entschuldigung und keinen Vorwand für mein Kommen suchen«, sagte er ganz einfach. »Ich kann eben nicht zwei Wochen leben, ohne Sie zu sehen, und gestern waren es zwei Wochen, dass ich Sie nicht gesehen habe.«

Auch Mina hatte die Tage gezählt. Noch nie war sie von Larçay so bezaubert gewesen; aber sie bebte in heimlicher Angst, er könnte etwas mit Herrn von Ruppert haben. Immer wieder versuchte sie es, dass er von dem abgefangenen Brief spreche; Larçay blieb nachdenklich, aber er sprach nicht, nichts als das: »Mich plagt ein schwerer Kummer, nicht Ehrgeiz, nicht Geld, nein, und der seltsamste Effekt meines Kummers ist, dass er meine leidenschaftliche Freundschaft für Sie verdoppelt. Die Pflicht hat über mein Herz keine Macht mehr. Ich kann ohne Sie nicht mehr leben, Mina.«

»Kann ich es denn ohne Sie?« sagte Mina und nahm seine Hände, die sie küsste, was ihn hinderte, ihr um den Hals zu fallen.

»Schonen Sie Ihr Leben, Alfred. Ich würde Sie keine Stunde überleben.«

»Sie wissen alles, Mina!« rief Larçay und tat sich Gewalt an, nicht mehr zu sagen.

Einen Tag nach seiner Rückkehr von den Charmettes empfing Herr von Larçay einen anonymen Brief, in dem stand, dass während seiner Abwesenheit in Chambéry seine Frau Herrn von Ruppert bei sich empfangen habe. Das Schreiben schloss: »Heute nacht um eins soll man Herrn von R. wiedersehen. Ich weiß ganz gut, dass ein Anonymsmus Ihnen kein Vertrauen einflößen kann. Handeln Sie deshalb nicht leichtsinnig. Rasen Sie erst, wenn Sie rasen müssen. Sollte ich mich und so auch Sie täuschen, so werden Sie mit einer Nacht, die Sie versteckt nah dem Schlafzimmer von Frau von Larçay zubringen, davonkommen.«

Gleich darauf kam ein Wort von Aniken: »Wir sind in Aix. Frau Cramer hat sich in ihr Zimmer zurückgezogen. Ich bin allein. Kommen Sie.«

»Zehn Minuten habe ich für Aniken Zeit, bevor ich mich im Garten in den Hinterhalt lege«, dachte Larçay.

Er war mächtig erregt, als er bei Mina eintrat. Die beginnende Nacht trug Entscheidung für sie und ihn, – sie wusste es und hatte gegen alle Einwände ihrer Vernunft nur die eine Antwort: Tod.

»Sie sind so schweigsam, Freund. Es ist Ihnen etwas Ungewöhnliches passiert. Aber da Sie es trotzdem über sich gebracht haben, zu kommen, will ich Sie die Nacht über nicht verlassen.«

Zu Minas Überraschung war Larçay damit einverstanden, dass Mina ihn nicht verlasse. Nach einer Weile sagte er: »Ich muss jetzt dem törichten Beruf des Ehemannes nachgehen. Ich muss mich in meinem Garten auf die Lauer legen; das scheint mir die am wenigsten peinliche Art, aus einem Missgeschick herauszukommen, in das mich ein anonymer Brief gestürzt hat«, und er zeigte Mina den Brief.

»Welches Recht haben Sie«, fragte Mina, nachdem sie gelesen hatte, was sie wusste, »Frau von Larçay zu entehren? Sie gehen von ihr und verzichten auf das Recht, ihre Seele beschäftigt zu halten. Sie überlassen Ihre Gattin der sehr natürlichen Langeweile einer Frau von dreißig Jahren, – ist es nicht ihr Recht, jemanden zu haben, der sie zerstreut? Sie sagen mir, dass Sie mich lieben, – sind Sie nicht schuldiger als Ihre Frau? Sie waren doch der erste, der das Band zerrissen hat, und nun wollen Sie es Ihre Frau büßen lassen?«

Das war zu hoch für Herrn von Larçay; er verstand nicht; aber der Ton von Minas Stimme gab ihm Kraft; ganz bezaubert, bewunderte er die Macht, die sie über ihn hatte. »Solange Sie mich gnädig empfangen werden«, sagte er nach einer Weile, »werde ich die Langweile, von der sie sprachen, nicht zulassen.«

Es war ganz still im Garten und über dem See. Man hätte den Tritt einer Katze hören können. Mina stand in einer Buchenhecke hinter Larçay. Da sprang ein Mensch von einer Mauer in den Garten. Larçay wollte auf ihn zu. Aber Mina hielt ihn fest mit aller Gewalt.

»Was werden Sie erfahren, wenn Sie ihn töten?« sagte sie ganz leise. »Und wenn es nur ein Dieb ist oder der Liebhaber einer Magd, welcher Ärger, ihn getötet zu haben!«

Aber Larçay hatte den Grafen Ruppert erkannt und war außer sich. Mina hing sich mit aller Schwere an ihn.

Der Graf schlich sich vorsichtig an eine Leiter, die gegen eine Hausmauer lag und lehnte sie an die Holzgalerie, die in acht oder zehn Fuß Höhe um den ganzen ersten Stock lief. Das Fenster von Frau von Larçays Schlafzimmer ging auf diese Galerie. Herr von Ruppert stieg durch ein offenes Fenster des Salons ins Haus. Alfred riss sich los und eilte zu einer kleinen Gartenpforte, die ins Erdgeschoß des Hauses führte. Mina folgte dicht hinter ihm. Geschickt verzögerte sie um einige Augenblicke den Moment, wo er ein Feuerzeug ergreifen und eine Kerze anzünden konnte. Es gelang ihr, ihm die Pistole zu entreißen. »Wollen Sie mit einem Schuss die Bewohner des andern Stockwerkes wecken? Das gäbe schöne Geschichten morgen früh. In meinem Augen ist die Rache lächerlich. Aber immer ist es besser, ein bösartiges Publikum erfährt Beleidigung und Rache gleichzeitig.«

Alfred stieg die Treppe hinauf, Mina blieb hinter ihm. »Das wäre ein Spaß«, sagte sie flüsternd, »wenn Sie in meiner Gegenwart den Mut hätten, Ihre Frau zu misshandeln!«

Larçay stieß die Türe in den Salon auf. Er sah Herrn von Ruppert quer durch das Zimmer zum Fenster laufen, das er rasch öffnete, sich auf die Galerie und von da in den Garten schwang; er hatte sechs Schritte Vorsprung. Larçay setzte ihm nach. Aber als er an die brusthohe Mauer kam, die den Garten vom See trennt, war das Boot, in das sich Ruppert geworfen hatte, schon fünf, sechs Klafter vom Ufer.

»Auf Morgen, Herr von Ruppert!« rief ihm Larçay nach. Es kam keine Antwort. Larçay stürzte zurück ins Haus. Im Salon, der an das Schlafzimmer stieß, ging Mina erregt auf und ab. Sie hielt ihn mit beiden Armen auf.

»Was wollen Sie tun? Frau von Larçay umbringen? Mit welchem Recht? Ich werde es nicht dulden. Wenn Sie mir nicht den Dolch da geben, rufe ich laut, dass sie sich retten solle vor einem Rasenden! Es ist mir gleich, dass mich meine Anwesenheit hier vor Ihren Leuten kompromittiert ...« Und als sie den Eindruck dieses Wortes merkte: »Sie lieben mich, wie Sie sagen, und wollen mich entehren!«

Larçay warf den Dolch hin und trat in das Zimmer seiner Frau. Man hörte lebhaftes Sprechen. Frau von Larçay hatte in ihrer völligen Unschuld geglaubt, dass es sich um einen Dieb handelte und hatte Herrn von Ruppert weder gesehen noch gehört.

»Du bist ein Narr, und Gott gebe, dass du nur ein Narr bist! Du willst augenscheinlich die Trennung und du sollst sie haben. Sei wenigstens so besonnen, nichts zu reden. Morgen fahre ich nach Paris zurück und werde dort sagen, du reisest nach Italien, wozu ich keine Lust hätte.«

»Um welche Zeit gedenken Sie sich morgen früh zu schlagen?« fragte Fräulein von Wangel, als Larçay in den Garten trat.

»Was sagen Sie da?« erwiderte Larçay.

»Es ist unnütz, sich vor mir zu verstellen, Alfred. Bevor Sie Herrn von Ruppert aufsuchen, bitte ich Sie, mir hier in das Boot zu helfen. Wenn Sie so töricht sind, sich töten zu lassen, wird der See meinem Unglück ein Ende machen.«

»Dann schenken Sie mir diese Nacht das Glück, Aniken. Morgen wird dieses Herz, das nur für Sie schlägt, seit ich Sie kenne, wird diese Hand, die ich an meine Brust presse, vielleicht Kadavern angehören, die, von einer Kerze beleuchtet, in einem Küchenwinkel liegen. Diese Nacht ist vielleicht unsere letzte, Aniken – sie soll die glücklichste sein.«

Mit Mühe wehrte sich Mina. »Ich werde Ihnen gehören, morgen, wenn Sie leben. Das Opfer wäre in diesem Augenblick zu groß, ich möchte Sie heute sehen wie ich Sie immer sah.«

Es waren die schönsten Stunden in Minas Leben. Vielleicht war es die Aussicht auf den Tod und die Größe ihres Opfers, das sie brachte, dass sie keine Reue fühlte, als sie Larçay küsste.

Es war vor Sonnenaufgang, als Alfred ihr die Hand reichte und ihr in das schlanke Boot half.

»Können Sie ein größeres Glück träumen, Alfred, als das unsere jetzt?«

»Du wirst meine Frau sein, Aniken. Ich verspreche Dir, zu leben. Ganz lebendig werde ich dort unten, wo das Kreuz steht, an den Strand kommen und dein Boot anrufen.«

Es schlug fünf in dem Augenblick, als Mina Larçay sagen wollte, wer sie war. Die Ruderknechte warfen Netze aus, um zu fischen; Mina war darüber glücklich, denn es befreite sie ihr Tun von ihren Blicken.

Als es gerade acht Uhr schlug, sah sie Larçay zum Ufer laufen. Mina ließ sich an Land setzen. Er war sehr bleich. »Er ist verwundet«, sagte Larçay, »vielleicht gefährlich.« Und, auf ihn zueilend, drängte Mina: »Nehmen Sie das Boot, mein Freund. Sie müssen fliehen. Gehn Sie nach Lyon. Ich werde Ihnen Bericht schicken.«

Larçay zögerte.

»Denken Sie an das Gerede der Badegäste, Alfred!«

Das entschied. Larçay bestieg das Boot.

Schon am andern Tage war Herr von Ruppert außer Gefahr; aber er musste vielleicht zwei Monate das Bett hüten. Mina besuchte ihn des Nachts und war voller Güte und Freundschaft zu ihm.

»Sie sind doch mein Zukünftiger«, sagte sie zu ihm mit einer Falschheit, die voller Natürlichkeit war, als sie ihn bestimmte, eine sehr bedeutende Anweisung auf ihren Frankfurter Bankier anzunehmen.

»Ich muss nämlich nach Lausanne reisen, und möchte, dass Sie noch vor unserer Hochzeit Ihren Stammsitz zurückkaufen, den zu veräußern Sie Ihre Tollheiten zwangen. Wir müssen dafür ein großes Gut, das ich bei Küstrin besitze, zu Geld machen. Sobald Sie wieder aufstehen können, ist der Verkauf Ihre Aufgabe; ich schicke Ihnen von Lausanne aus die nötigen Vollmachten. Lassen Sie, wenn nötig, im Preise nach oder diskontieren Sie die Wechsel, die Sie bekommen. Sie müssen unbedingt bares Geld haben. Es schickt sich, dass Sie in unserm Ehekontrakt so reich sind wie ich.«

Dem Grafen kam nicht der mindeste Verdacht, dass Mina ihn wie einen untergeordneten Agenten behandele, den man mit Geld ablohnt.

In Lausanne bekam Mina mit jeder Post einen Brief von Larçay und war glücklich. Larçay gab zu, dass das Duell die Sache vereinfacht habe. »Ihre Frau hat keine Schuld«, schrieb ihm Mina; »Sie haben sie doch zuerst verlassen! Vielleicht irrte sie sich, dass sie aus der Menge charmanter Männer gerade Herrn von Ruppert wählte. Jedenfalls darf Frau von Larçays künftige Situation in geldlicher Hinsicht keine Einbuße erfahren.«

Larçay setzte seiner Frau eine jährliche Rente von fünfzigtausend Franken aus, was mehr war als die Hälfte seines Einkommens. »Ich brauche ja so wenig«, schrieb er an Mina, »da ich nach Paris erst zurückkehren will, wenn diese lächerliche Geschichte vergessen ist, in ein paar Jahren.« Aber Mina war damit gar nicht einverstanden. »Bei Ihrer so späten Rückkehr nach Paris«, so schrieb sie ihm, »würden Sie nur Aufsehen erregen. Zeigen Sie sich zwei Wochen lang in aller Öffentlichkeit jetzt, wo man sich mit Ihnen beschäftigt, und nach diesen zwei Wochen ist alles vergessen. Und denken Sie daran, dass Ihre Frau ohne Schuld ist.«

Einen Monat später kamen Larçay und Mina in dem entzückenden Belgirate am Lago Maggiore zusammen. Sie reiste unter einem falschen

Namen. Und so toll verliebt war sie, dass sie zu Larçay sagte: »Erzählen Sie, wenn Sie wollen, der Frau Cramer, Sie seien mit mir verlobt, seien mein Zukünftiger, wie wir in Deutschland sagen.«

Herr von Larçay hatte das Gefühl, als ob seinem Glücke etwas fehle, und doch war dieser September mit Mina am Lago Maggiore seligste Zeit seines Lebens.

Es war während einer Ruderfahrt auf dem See, dass Larçay lachend zu Mina sagte: »Wer sind Sie eigentlich, Zauberin? Kammerzofe oder selbst etwas Besseres bei Frau Cramer – das zu glauben, können Sie mir nicht mehr zumuten.«

»Ja, was könnte ich wohl sein?« scherzte Mina. »Eine Schauspielerin, die das große Los gewonnen hat und einige Jugendjahre in einer Märchenwelt verbringen will, oder ein ausgehaltenes Fräulein, das nach dem Tode ihres Liebhabers abenteuert, was meinen Sie?«

»Wären Sie das, Aniken und Schlimmeres noch – erführe ich morgen den Tod meiner Frau, ich würde übermorgen um Ihre Hand anhalten.«

Mina stürzte ihm an den Hals. »Erinnern Sie sich nicht bei Frau von Célj? Ich bin Mina Wangel. Wie kam es, dass Sie mich nicht erkannten?« Und lächelnd sagte sie noch: »Aber die Liebe ist ja blind!«

Minas Glück war vollkommen, denn nun hatte sie ihrem Freund nichts mehr zu verbergen. In der Liebe ist der, der täuschen muss, unglücklich.

Aber Fräulein von Wangel hätte besser getan, ihren Namen Herrn von Larçay nicht zu nennen. Eine leise Schwermut in seinem Wesen entging ihr nicht, und sie sah sie wachsen von Tag zu Tag und wurde unruhig.

Den Winter hier zu verbringen, waren sie nach Neapel gekommen, mit einem Pass, der sie Mann und Frau nannte. Ob er vielleicht Paris entbehre? Mina bat ihn für einen Monat nach Paris zu gehen. Er versicherte ihr mit einem Schwur, dass er gar kein Verlangen danach habe.

»Ich weiß, ich setze damit das Glück meines Lebens aufs Spiel«, sagte Mina eines Tages, »aber die zunehmende Schwermut, in der ich dich sehe, ist stärker als alle meine guten Vorsätze.« Larçay verstand nicht, was sie sagen wollte, aber sein Glück stand auf dem Gipfel, als Mina ihm am selben Nachmittage sagte:

»Fahren wir nach Torre del Greco.«

Sie glaubte den Grund von Alfreds Schwermut erkannt und beseitigt zu haben, als sie ihm ganz angehörte – war er nicht vollkommen glücklich in ihren Armen? Und selber toll vor Glück und Liebe, vergaß Mina alles. »Der Tod und tausend Tode mögen nun kommen«, dachte sie, »sie sind nicht zu teuer erkauft dafür, für das Glück, das ich erlebe seit jenem Tage des Duells.«

Alle Seligkeit fühlte sie in der Hingabe und Fügung in alle Wünsche des Geliebten. Und vergaß in diesem Übermaße des Empfindens, vorsichtig den Schleier über die eigenmächtig starken Gedanken zu werfen, die das Wesentliche ihres Charakters waren. Was sie als Glück suchte und darunter verstand, musste für einen einfachen Menschen befremdlich, ja sogar abstoßend sein. So schonend hatte sie bisher bei Larçay das, was sie französische Vorurteile nannte, behandelt, und erklärte sich, was sie an ihm nicht bewundern konnte, aus nationalen Unterschieden, nicht aus persönlichen. Aber ihre Liebe musste begeistert bewundern! Mina bekam ein Gefühl für das Nachteilige ihrer väterlichen Erziehung, die ihr Verlust, ja Entfremdung und Widerwillen des Geliebten einbringen konnte.

Selig und ganz hingegeben dachte sie oft, sehr unvorsichtig, laut vor Larçay ihre Gedanken – war er doch für sie Inbegriff und Typus alles Edlen, Schönen, Liebenswerten und Herrlichen so sehr, dass sie, auch wenn sie gewollt, es nicht vermocht hätte, Gedanken für sich allein zu haben und zu behalten. Auf der glücklichen Gipfelhöhe ihrer Liebe gab es nichts und konnte es nichts geben, das den Geliebten hätte verstimmen oder ihn ihr abwendig machen können. Es ging über ihre Kraft, ihm jene Intrige zu verbergen, welche die Ereignisse jener Nacht in Aix herbeiführte. Sie litt unsäglich darunter.

Die Trunkenheit der Sinne nahm ihr immer wieder die Kraft, Larçay alles zu sagen, aber damit kehrten sich ihre seltenen Vorzüge gegen sie selbst. In der Erschöpfung nach tollster Umarmung sagte sie sich: »Ich bin närrisch, dass ich mir über ihn Gedanken mache. Ich liebe ihn eben mehr als er mich liebt, das ist alles. Kein Glück auf Erden ist ganz ohne Schatten. Und nicht zu meinem Glücke ist mein Wesen unruhiger als das seine.« Und damit meldete sich, stärker jetzt in ihrer Seligkeit als früher, das Gewissen. »Gott ist gerecht. Ich habe mir große Schuld vorzuwerfen. Die Nacht von Aix lastet auf meinem Leben.«

An diesen Gedanken gewöhnte sich Mina: dass Larçay von Natur aus veranlagt wäre, »weniger leidenschaftlich« zu lieben als sie. »Und wäre er es noch weniger, so ist mein Los, ihn anzubeten. Dass er kein ehrloser Mensch ist, dies ist mein Glück: ich wäre jeden Verbrechens fähig, das er mich zu begehen hieße.«

Den möglichen Gründen von Larçays schwermütiger Versonnenheit nachdenkend, riet sie auf die von ihm vielleicht entbehrten Genüsse aus Reichtum und Besitz, und gab dem eines Tages Worte, indem sie ihn bat, mit ihr nach Königsberg zu reisen. Alfred antwortete nicht. Aber öffnete die halbgeschlossenen Augen zu einem Blick auf Mina, vor dem sie sich entsetzte; denn alle Liebe war daraus verschwunden, und nur der Verdacht stellte die gefürchtete Frage.

»In jener Nacht, Mina, in der ich Herrn von Ruppert bei meiner Frau überraschte – wussten Sie von den Plänen des Grafen? Waren Sie, um es in einem Wort zu sagen, im Einverständnis mit ihm?«

Minas Stimme war fest und die Worte zauderten nicht, als sie antwortete: »Frau von Larçay hat nie auch nur im geringsten an den Grafen gedacht. Ich glaubte, Sie gehörten mir, weil ich Sie liebte. Die beiden anonymen Briefe habe ich geschrieben.«

»Das war infam. Ich bedaure Sie.« In seiner eiskalten Stimme war nicht eine Spur von Zärtlichkeit. Larçay ging.

»Großen Herzen kann solches geschehen«, sagte sich Mina, »aber sie haben ihre sichere Zuflucht.« Sie trat ans Fenster und folgte mit den Augen ihrem Geliebten, bis er um eine Straßenecke verschwand. Dann ging sie in Larçays Zimmer und schoss sich eine Pistolenkugel mitten ins Herz.

War in Minas Leben eine falsche Rechnung? Acht Monate hatte ihr Glück gedauert. Diese glühende Seele konnte sich mit den Wirklichkeiten des Lebens nicht zurechtfinden.

Erinnerungen eines römischen Edelmannes

Ich bin in Rom geboren. Meine Eltern waren von Rang. Aber im Alter von drei Jahren wurde mir das Unglück, dass mein Vater starb. Meine Mutter, noch in jungen Jahren, ging eine zweite Ehe ein, und ein kinderloser Onkel wurde mit meiner Erziehung betraut. Mehr als gerne, begierig fast, nahm er den Antrag an, da er entschlossen war, seinen Neffen im Sinn eines treuen Klerikalen zu erziehen. Dabei für sich selber manches zu gewinnen, war seine Hoffnung.

Nach dem Tode des Generals Dufaon – zu bekannt ist seine Geschichte, als dass ich mich darüber verbreiten möchte – nährte die Geistlichkeit angesichts des drohend anmarschierenden französischen Heeres die Wundermär, man sähe die Holzstatuen des Heilandes und der Jungfrau die Augen bewegen. Leichten Glaubens nahm das Volk diese Erfindung für Wahrheit. Prozessionen veranstaltete man, und die Opferstöcke in den Kirchen empfingen reichliche Gaben. Das vielberedete Wunder selber zu sehen, ging mein Onkel, seinen ganzen Hausstaat im Gefolge, in die Kirche, schwarzgekleidet wie in Trauer, ein Kruzifix in der Hand. Ich begleitete ihn mit einer brennenden Kerze. Wir gingen alle barfüßig, fest überzeugt, mit größerer Demut um so mehr Mitleid von der Jungfrau und ihrem Sohne zu erfahren und des angeschauten Wunders der aufschlagenden Augen teilhaftig zu werden. So zogen wir nach der Kirche des heiligen Marcello. Davor bewegte sich eine ungeheure Menge, die immerfort rief: Evviva Maria! Evviva Maria ed il suo divino Creatore! Vor der Kirchentür stand ein Cordon Soldaten, der nur Prozessionen hineinließ, die Menge aber auf dem Platz vor der Kirche zurückhielt. Ohne Schwierigkeiten gelangten wir in die Kirche und kamen bis zum Altargitter, wo wir uns vor den Bildnissen der Jungfrau und ihres Sohnes zu Boden warfen. Da rief das Volk: Seht nur, sie haben die Augen aufgeschlagen! Die meisten standen so, dass sie überhaupt nichts sehen konnten. Aber sie riefen vertrauensvoll mit, was die Nachbarn riefen. Und die Ungläubigen hüteten sich, ihren Unglauben zu äußern. Man hätte sie in Stücke gerissen. Meines Onkels Blick hing an den Bildnissen, als er ganz in Verzückung rief: »Ich sah es! Zweimal haben sie die Augen geöffnet und geschlossen!« Ich kleines Kind war müde vom Stehen und dem langen barfuß zurückgelegten Weg und fing zu weinen an.

Dass ich schweige, gab mir mein Onkel eine Maulschelle und herrschte mich an, mich mit der Madonna und nicht mit meinen Füßen zu beschäftigen. Wir standen noch vor dem Altar, als ein Schneider namens Bacaschi mit seiner Frau und ihrem hinkenden Kinde daherkamen. Das Kind war so verkrüppelt, dass es sich kaum auf seinen Krücken schleppen konnte. Die guten Alten schoben es auf die Plattform vor dem Altar und hoben an zu rufen: Grazie! Grazie! Das taten sie so eine halbe Stunde, worauf die Mutter zu dem Kinde sagte: »Glaube nur, mein Kind! Glaube nur!« Damit übergaben sie das Kind der Vorsehung und sagten ihm noch im Fortgehen: »Nur glauben, Kind! Wirf die Krücken fort!« Das Arme tat so und fiel seiner Stützen beraubt die vier Stufen hinunter, schlug mit dem Kopf auf die Steinfliesen. Die Mutter lief zurück, als sie den Sturz hörte, und brachte ihr Kind gleich nach dem Hospital della Consolazione; zu seiner Lähme bekam das Arme so noch eine Beule. Nun verließen wir die Kirche zusamt unserer Prozession und machten uns unter den üblichen frommen Ausrufen auf den Heimweg. Zu Hause fragte ich ganz bescheiden den Onkel: »Warum hat es die Madonna denn gelitten, dass das unschuldige Kind so schrecklichen Fall tat?« Und bekam zur Antwort: »Meinst du denn, Gott und die heilige Jungfrau müssen für jedermann Wunder verrichten? Glaube das ja nicht, mein Sohn! Man muss ein reines makelloses Herz haben, um so großer Gnade teilhaftig zu werden.«

Bände reichten und erschöpften den Gegenstand nicht, wollte ich mich über Wunder verbreiten. Ich will nur noch ein Beispiel erzählen. Auf der Piazza Pollarola zu Rom steht eine Statue, die Madonna del Saponaro, deren ewiges Licht nicht mit Öl, sondern mit der Milch der Jungfrau selber gespeist würde, wie man sagte. Damit das Volk den Betrug leichter glaube, war das Gefäß der Lampe mit einer weißlichen Mischung gefüllt. Priester in vollem Ornat übernahmen die ihnen vom Volk gereichten Rosenkränze und tauchten sie in die heilige Flüssigkeit. Auch unser Haus zog in Prozession zur Madonna del Saponaro, ihr zu huldigen, und wir überreichten bei dieser Gelegenheit dem Priester unsere Rosenkränze, die er nach langem Sträuben nahm. Er gab sie uns zurück, aber nicht in Milch getaucht, sondern was für Milch der Mutter Gottes geglaubt wurde, war ein fettes Öl. Es brauchte einige Zeit, bis wir unsere Rosenkränze in die Tasche stecken konnten.

Im Jahr 1797 erfolgte Roms Besetzung durch die französische Armee. Die Republik wurde proklamiert und eine Nationalgarde organisiert. Mein Onkel sympathisierte aus Gefühl und Ansichten gar nicht mit dem Sieger, aber er musste zu seinem größten Leidwesen seine Opposition verbergen und sich um eine Kapitänsstelle in der Garde bewerben. Das brachte ihn in die traurige Notwendigkeit, an den Vorbereitungen zum Verbrüderungsfest teilzunehmen und mich zu dem Umzug zu schicken, der dieser republikanischen Feier vorherging. Diese Feier fand auf dem Petersplatz statt. Ich war, wie alle andern Kinder, nach antiker Mode gekleidet, trug um das Haupt einen Kranz und eine Lorbeergirlande um den Hals. Dieser patriotische Umzug machte mir weit mehr Spaß als die Prozessionen zur Madonna, welches Vergnügen auch meine Kameraden teilten. Und unser Vergnügen war um so größer, als die Zeremonie mit einem großartigen Festessen auf dem Petersplatz abschloss. Was mein Onkel aber hinterher redete, verdarb mir viel von meinem friedlichen Genuss. Auf dem Heimweg hielt er mir fromme Predigten, um mir einen heiligen Abscheu vor diesen gotteslästerlichen Festen der Republik beizubringen, die, wie er sagte, von den Heiden übernommen seien und deren wirklicher Zweck nur wäre, Laster und Leichtsinn in der Hauptstadt der Christenheit zur Herrschaft zu bringen. Solche Feste, sagte er, sind Siegesfeiern des Teufels, und wir können nichts andres als den Himmel um Verzeihung dafür bitten, dass wir uns an dieser gottlosen Veranstaltung beteiligt haben. Besser als solche Schmach erscheine ihm der Tod, so schloss er, und dass er uns künftig nicht mehr unter den Schuldigen dulden würde, was immer man auch für Gewalt anwendete, uns dazu zu zwingen. Und er hielt sein Wort wie ein Mann.

Bald aber zwang das wechselvolle Kriegsglück die Franzosen zum Rückzug und das brachte die Besorgnis meines Onkels zum Ende. Bald hatte er die süße Genugtuung, das päpstliche Regiment wiederhergestellt zu sehen. Dieser Umschwung krönte alle seine Hoffnungen.

Mein Onkel ließ nun einen Lehrer kommen, der mich in den Anfangsgründen des Lateinischen unterwies, denn ich konnte keine öffentliche Schule in Rom besuchen, ohne wenigstens die Grundelemente dieser Sprache zu kennen. Meine geringen Fortschritte dankte ich wohl der Langweiligkeit von meines Lehrers Methode und der Ermüdung meines armen Schülerhirns durch Gebete und Predigten. Wehe dem, der sich Fragen erlaubt, die über das Begreifen des Lehrers hinausgehen! Denken ist ein Verbrechen und jedes Wort des Priesters ein Glaubensartikel.

Nach zwei Unterrichtsjahren empfing ich die heilige Kommunion, auf die ich mich durch eine dreimonatliche Buße vorbereiten musste. Zwei Jahre grausamster Prüfung hatte ich bei dem Lehrer verbracht und kehrte ins Haus meines Onkels und meiner Tante zurück, die mich wenig nach meinen Fortschritten im Unterricht fragten, da sie, wie sie sagten, allein um mein Seelenheil besorgt waren. Weinend umarmten sie mich und beglückwünschten mich dazu, dass ich so fromm den Weg des Glaubens betreten hätte. Aber den Weg der Wissenschaft hatte ich leider verlassen, und als ich zur Schule zurückkehrte, das Wenige vergessen, das mir meine ersten Lehrer beigebracht hatten.

In der Schule bestand eine fromme Vereinigung, die sich die Bruderschaft vom Heiligen Ludwig nannte. Alle Schüler mussten an den Festtagen des Morgens eine Predigt anhören, beichten und kommunizieren; dann ging's zum Essen. Nach zwei Stunden wurden sie von einem Priester in einen Garten vor der Stadt geführt, um da Ball zu spielen, wobei jede Partei mit zehn Vaterunsern bezahlt wurde, die wir mit den Händen auf den Knien hersagten. Nach dem Spiel ging es zurück in die Stadt, wo unserer neuerlich eine Predigt wartete. Hierauf gaben uns zwei Priester die Rute der Pönitenz und die Lichter wurden ausgelöscht, damit die Frömmsten sich, ohne Scham zu empfinden, weiter geißeln lassen konnten. Ertönte der Psalm Miserere mei Domine, wurde das Geißeln allgemein und dauerte, bis der Gesang verstummte. Dann sangen die Geißler und denen, die sich entkleidet hatten, wurde soviel Zeit gelassen, ihre Nacktheit wieder zu bekleiden; dann wurden die Lichter wieder angezündet. Nach langen Gebeten wurden wir entlassen, zitternd und zerknirscht in der Furcht vor Hölle und Teufel. Diese Zeremonie wiederholte sich in jeder Woche ein- oder zweimal wohl auf Kosten unseres Geistes, aber sehr zum Nutzen unserer Seele. Dass wir etwas lernten, daran lag unsern Lehrern gar nichts, ihre Bemühung war vielmehr darauf gerichtet, uns in der Unwissenheit zu erhalten und in unserm Herzen durch die unrechte Grausamkeit der Züchtigung das Aufkeimen jeder Tugenden zu ersticken. Diese Übertreibung setzte meinem Leiden zu meinem Glücke bald ein Ende. Ich kam eines Tages zu spät zum Unterricht und konnte gegen sonstige Gewohnheit meine Aufgabe nicht hersagen; da ließ mein pedantischer Lehrer sofort den Korrektor kommen, von der Regierung damit betraut, die von den Lehrern verhängten Strafen auszuführen. Ich erhielt zwanzig Stockschläge auf die Hände, die mich schrecklich schmerzten. Nach dieser Züchtigung setzte ich mich wieder in die Schulbank, ohne Schmerz und Zorn unterdrücken zu können. Aber gerade das war das Falsche, denn der Lehrer ließ mir für meine Aufsässigkeit eine neue Züchtigung verabreichen. Aber ich weigerte mich, sie zu ertragen; mein Henker drohte mit Gewalt, wenn ich bei meinem Trotz verharrte. Da blieb mir keine andere Rettung als Flucht. In Eile raffte ich Feder, Papier, Tintenfass, Federhalter zusammen und warf es meinem Peiniger an den Kopf. Das war mein Abschiedsgruß. Meine Mitschüler brüllten vor Lachen, setzten mir aber doch auf Befehl des Lehrers nach; ich rettete mich in eine Kirche, in Italien ein unverletzliches Asyl. Aber was sollte ich nun tun? Ich überlegte. Ließ ich meinen Onkel rufen, bin ich bald wieder in der Schule, denn er hält es mit meinen Feinden. Lieber wandte ich mich an meine Mutter, die auch sobald und höchst erschrocken herbeikam, fest überzeugt, ich hätte ein Arges verbrochen. Die Erzählung meines Erlebnisses beruhigte sie etwas. Sie brachte mich in meines Stiefvaters Haus und nach vielen Bemühungen, meine Sache zu schlichten, erreichte man bei dem Beleidigten die Verzeihung, wenn ich ihn vor aller Welt kniend darum bäte und Buße täte einen Monat lang im Kloster von San Giovanni e Paolo, so einer Art von Strafhaus, in dem sich die Gefangenen selber verköstigen müssen. Mein Onkel war über diese Abmachung sehr glücklich, in der Hoffnung auf die Klosterbrüder und deren guten Einfluss auf meinen widerspenstigen Geist. »Gott erwartet dich«, sagte er immer wieder, »ergreife seine Hand und denke, dass die Hölle offen steht, dich zu verschlingen.« Er übergab mich und etwas Geld dem Prior, wofür Messen für mich gelesen werden sollten. Dann ging er. Was ich alles von den Mönchen, die mich mit Gott versöhnen wollten, auszustehen hatte, das kann ich gar nicht aufzählen; klar bewiesen sie mir meine Verdammnis und die Unsühnbarkeit meines Verbrechens. Ich war jung und leichtgläubigen Herzens; ich glaubte ihren Worten und meine Reue war voll aufrichtiger Zerknirschung. In Demut bot ich jeden Morgen meinen entblößten Rücken den Geißelhieben und trug, damit die Sühne meinem Verbrechen entspreche, ein Rußhemd, gespickt mit kleinen Eisenspitzen. Willig unterwarf ich mich jedem Befehl; immer glaubte ich, wie die Mönche mir so sagten, der Teufel sitze mir im Nacken. So lebendig war meine Angst, dass schreckliche Träume mir den Schlaf verdarben. In der Beichte bekannte ich, von meinen Kameraden sehr schlimme Bücher geliehen zu haben. Der Prior wiederholte, ich sei verdammt und der Teufel würde mich holen mit Leib und Seele, wehrte ich dieses nicht ab durch Beten und Almosen. Ich gab her, was ich hatte, leerte in die Hand des guten Paten meine Börse, fastete und kasteite mich, um nur ja dem Teufel zu entgehen. »Siehe, mein Sohn«, sagte mein Beichtvater, »für deine vier Scudi, die du mir gabst, werde ich vier Messen für dich an einem Altar lesen, der Seiner Heiligkeit, dem Papst Pius V. geweiht ist. Aber kasteie nur auch deinen Leib.« Was ich versprach und hielt. Aber zu meinem Glück ging meine Bußzeit dem Ende zu. Den Tag vor meiner Befreiung empfing ich die Kommunion, wobei ich in Tränen zerging. Am nächsten Morgen war mein Onkel da; seine Überraschung über meine hohlen Backen verbarg er rasch, indem er sagte: »Zu deinem Heile sind deine frommen Übungen dir gewesen. Du bist nicht mehr im Stande der Todsünde, der Ausdruck deines Gesichts ist viel sanfter geworden.« Wir verließen das Kloster und fuhren in die Schule, wo ich vor aller Augen hinkniete und meinem Lehrer abbittete. Welche Gelegenheit der Lehrer gleich benützte, die Schüler zu erinnern, welche Rücksichten sie seinem Charakter und seiner Würde schuldig seien. Es wurden noch einige Formalitäten ähnlicher Art erledigt, worauf ich von meinem Onkel nach Hause gebracht wurde. Als mich da seine Frau erblickte, rief sie: »Was hat er denn angestellt, dass er so abgemagert ist?« – »Seine Sünden hat er gebüßt«, sagte der Onkel, der mich gerne wieder in die Schule geschickt hätte, was ich aber nicht wollte. Und da ich in meiner Weigerung standhaft blieb, entschloss er sich, mich zu dem Advokaten Burner zu geben, der die päpstliche Breves für Spanien ausfertigt. Dieser Burner war seit zwei Jahren von der Gicht ans Haus gebunden; seine Arbeit bestand darin, dass er einige Schriftstücke unterfertigte, die ein paar Greise für ihn schrieben. Als ich bei ihm in den Unterricht eintrat, lebte er mit einer Dienstmagd. Meine alte Tante leistete ihm oft Gesellschaft und abends, wenn ich meine Arbeiten gemacht hatte, gingen wir zusammen nach Hause. Der arme Burner, von seinen Schmerzen ans Bett gezwungen, lästerte Gott und fluchte allen Heiligen. Wenn es eine gerechte Vorsehung gebe, sagte er, dann wäre Leid und Freud gleichmäßig verteilt. Meine darob entsetzte fromme Tante machte ihm eines Tages Vorwürfe, aber die frommen Reden nahm er sehr übel auf, und auf dem Heimweg bekam ich es von der Frommen verboten, weiter den Kranken zu besuchen. »Mein Gewissen«, sagte sie, »duldet nicht, seine Lästerungen anzuhören, und wenn ich ihn nicht mehr besuche, musst du tun wie ich; vom Unterricht eines Gottlosen kannst du nichts lernen.« Ich sagte darauf nur, dass ich keine Angst davor habe.

Hätte mein Onkel davon erfahren und mir den Unterricht bei dem Advokaten verboten, wäre mir das sehr leid gewesen, denn der Ungläubige klärte mich über manches auf, wovon ich durch die Vorsicht meiner früheren Lehrer nichts wusste; auch vortreffliche Bücher lieh er mir, deren Lektüre mich begeisterte, wenn ich auch nicht wusste, wie die Lehren der Priester und die Sätze des Advokaten zu vereinen seien, deren gute Argumente mir immer mehr einleuchteten. Inzwischen hatte sich auch meine Tante wieder zu Besuchen eingefunden, und als eines Tages Burner einen schweren Gichtanfall hatte, beschwor sie ihn, seine Schmerzen doch um Gottes willen zu ertragen, was der Kranke mit so starken Schmähungen zurückwies, dass die gute Tante ohne Hut und Schal davonlief. Zwanzigmal schlug sie wohl das Kreuz und tat den Schwur, keinen Fuß mehr in das verdammte Haus zu setzen. Burner erzählte mir des Abends lachend den Vorfall, von dem die Tante zu mir mit keinem Wort Erwähnung tat. Sonntags darauf ging sie zur Beichte, und ihr Seelsorger, ein Dominikaner vom Inquisitionstribunal, verweigerte ihr die Absolution, wenn sie den Gotteslästerer nicht zuvor anzeige. Und dies tat sie auch Tages darauf beim Heiligen Offizium, kehrte zurück zu ihrem Beichtvater, der ihr nun zum Lohn für ihren Gehorsam die Absolution gab.

Vierzehn Tage darauf wurde ich vor das Tribunal der Inquisition geladen und war höchst entsetzt darüber, denn ich fürchtete die Denunziation eines falschen Freundes als Leser verbotener Bücher. Ich sagte meinem Onkel kein Wort von der Ladung und dass ich in größter Unruhe war, wird man aus meiner Lage begreifen und daraus, dass das Ganze wohl geeignet war, einen jungen Menschen zu verwirren, der ohne Erfahrung fremd den Ränken der Welt gegenüberstand. Am ersteren Tage ließ man mich im Vorzimmer des Tribunals eine Stunde klopfenden Herzens warten, bis man mich endlich in einen schwarz ausgeschlagenen Saal führte; vor einem mit schwarzem Tuch bedeckten Tisch saßen drei Dominikanermönche, welcher Anblick mein Entsetzen noch steigerte. Glücklicherweise machte mir der Sekretär der drei Inquisitoren, ein mir bekannter freundlicher Abbate, heimlich ein Zeichen, was mich etwas beruhigte. So dass ich, noch ehe das Verhör begann, Zeit zu einiger Fassung hatte. Über den Inquisitoren hing ein großes Kruzifix; ein kleineres stand auf dem Tische neben einem aufgeschlagenen Buch, dem Neuen Testament. Der erste Mönch fragte mich nach Namen und Taufnamen und ob ich schon einmal vor dem Heiligen Offizium gestanden habe, was ich verneinte. – »Kennen Sie den Advokaten Burner?« – »Ja.« – »Haben Sie ihn zuweilen Gott lästern hören?« Darauf antwortete ich, dass er große leibliche Schmerzen zu erdulden hätte und dass ich zu ihm ginge, um bei ihm zu arbeiten, nicht aber um zu hören, was er mir etwa erzähle. Der Inquisitor sah mich schief an und drohte, mich schwer zu züchtigen, wenn ich nicht alles, was ich wüsste, gestände. Im Namen der Dreifaltigkeit und der Heiligen Schrift soll ich ohne Umschweife alle Lästerungen sagen, die der Advokat vor mir ausgestoßen habe, und er fügte noch hinzu: »Haben Sie keine Unterhaltungen mit dem Advokaten geführt?« – »Nie.« – »Ich rate Ihnen, die Gesellschaft dieses Gottlosen zu meiden; seine Seele ist den Qualen der Hölle überliefert; wir werden alles tun, dass er vor Gott Gnade finde, aber wir hoffen auf keinen Erfolg. Bevor wir Sie entlassen, schwören Sie auf dieses Kruzifix, niemandem zu sagen, dass Sie vor das Tribunal geladen waren, noch weshalb es geschah.« Ich beschwor, was man von mir verlangte, und wurde mit den üblichen Formalitäten entlassen. Im Vorraum sah ich die beiden Greise, deren Schriftsätze der Advokat unterzeichnete; die Unglücklichen zitterten am ganzen Leibe. Ihre Unschuld beteuernd, nie im Leben hätten sie mit der Inquisition zu tun gehabt. Ich nahm ihnen die Angst, indem ich ihnen sagte, weshalb sie vorgeladen seien. Zu Hause erzählte ich alles meinem Onkel, der seiner Frau die stärksten Vorwürfe wegen ihres Geschwätzes machte. Zu ihrer Rechtfertigung berief sie sich auf den Befehl ihres Beichtvaters, dem sie hätte folgen müssen, ihres Seelenheils wegen.

Am gleichen Abend besuchte ich wie gewöhnlich den Advokaten. Er war in heller Wut, und um den Anlass gefragt, sagte er: »Ich habe zum Lachen wahrhaft keinen Anlass, denn man hat mich bei der Inquisition denunziert. Aber was will man denn von einem armen Gichtkranken? Ich erwarte das Tribunal in meinem Bett.« Bald darauf erschien ein Inquisitor und ein vier Stunden währendes Verhör begann. Aber alle Listen des Mönches wurden an der Kaltblütigkeit des Angeklagten zunichte.

Seitdem war ein Monat vergangen, als der Advokat den Besuch des Großinquisitors bekam. Der hatte aber nicht besseres Glück als sein Stellvertreter und verließ mit der Drohung den Kranken, ihn aus dem Bette ins Gefängnis schleppen zu lassen. Nachdem er fort war, sagte der Advokat zu mir: »Was will man denn von mir? Ich bin in der Theologie besser beschlagen als irgendeiner von ihnen; sie können mich in Ketten legen, foltern, gut, aber nie werden sie mich zwingen, mein Gewissen zu verleugnen.« Ergriff meine Hand. »Mein junger Freund, die Inquisition ist gut fürs Volk, aber bei den Gebildeten vermag sie gar nichts, da versagt ihre Logik vollkommen.«

Zwei Monate später wurde ein Haftbefehl gegen Burner erlassen, aber dessen Ausführung musste verschoben werden, denn der Advokat war schwer krank – wenige Tage darauf starb er eines unbußfertigen Todes.

Die Franzosen hatten anno 1807 kaum die alte Hauptstadt der Welt besetzt, und schon ließ sich die römische Jugend von Napoleons schönen Versprechungen täuschen – ich in der Genarrten erster Reihe, denn mein Wille dazu war groß, aber anfangs vergeblich, denn ich stand ja unter der Vormundschaft meines ganz päpstlich gesinnten Onkels, der mich nicht aus den Augen ließ. Als er aber eine kleine Geschäftsreise machen musste, blieb ich allein in Rom mit seinem Verbot, nie das Haus zu verlassen und niemanden sonst zu sehen als einen alten mir zum Mentor bestellten Priester, und mich vor allem nie mit Politik zu beschäftigen, als welche die unerschöpfliche Quelle aller Sorge und alles Verdrusses sei. Ich versprach ohne Nachdenken, was er verlangte, aber kaum war er ein paar Meilen Weges von Rom fern, erkundigte ich mich schon bei Freunden nach dem Stand der politischen Angelegenheiten. Einige meiner Freunde waren in die neuen Regimenter, andere in gute Verwaltungsstellen eingetreten, und alle redeten mir lebhaft zu, meinen Onkel doch zu verlassen und Soldat zu werden, da ich leicht ein Patent als Unterleutnant bekommen könnte. In meinen Eindrücken spielte der Bannfluch eine Rolle, mit denen der Papst alle träfe, welche in die Dienste der Republik träten. Darauf aber hatten meine Freunde nur ein Lachen. – »Dein Onkel hat dich in Unwissenheit erzogen und deine Lehrer haben sein Werk vollendet. Komm zu uns, und du wirst bald merken, was der Bannfluch wert ist.« Mein Widerstand gegen ihren Rat war schwächer als mein Wunsch, mich an der Spitze einer Kompanie zu sehen; überzeugt, mein Onkel würde beim Anblick meiner Epauletten weich werden, und wissend, dass er erst in zwei Tagen rückkehrte, fasste ich meinen Entschluss: ich kaufte mir eine Uniform, und meine Freunde verschafften mir beim General Miollis, dem Gouverneur von Rom, ein Offizierspatent. Stolz auf meine Uniform, schien mir nichts dringlicher, als mich, eitel wie ein Parvenü, überall darin zu zeigen, wenn auch mit einiger Reserve, denn ich war im Genuss meiner erst eintägigen Freiheit noch ein Neuling. Andern Tages meldete ich mich beim General, um ihm für die erwiesene Gunst zu danken und dem Kaiser den Treueid zu schwören. Der General empfing mich mit Herzlichkeit und sagte, die französische Regierung werde den Eifer jener, die als erste zu ihren Fahnen geeilt seien, gebührend zu schätzen wissen. Damit entließ er mich zu Cesare Marucchi, dem Bataillonskommandanten der ersten Legion, der mir gleich meinen Dienst anwies. Mein Onkel, der von meinem Tun erfahren hatte, erledigte in größter Eile seine Geschäfte und kam nach Rom zurück. Seinen Zorn zu schildern, vermöchte ich nicht; er erklärte mir, ich müsse sofort sein Haus verlassen, unter dessen Dach er einen Rebellen und Exkommunizierten nie dulden könne. Ich versuchte, ihn zu beruhigen, indem ich ihm die Motive meines Schrittes auseinandersetzte und ihm erklärte, dass man auch als Soldat des Kaisers ein guter Katholik sein könne; aber es war vergeblich, was ich sagte. – »Nein! Zweien Herren kann man nicht dienen! Noch hast du Zeit, deine verbrecherische Verpflichtung zu lösen und auf deinen Plan zu verzichten. Vor den Verfolgungen dich zu schützen, gehe aufs Land.« Aber ich ließ mich nicht einschüchtern. Ich hatte die Welt und deren Genüsse bereits kennengelernt, und die kurze Zeit genügte, mich von meinem Tun nicht abbringen zu lassen. Gewalt anzuwenden, das traute sich mein Onkel nicht, aus Furcht, sich der französischen Regierung verdächtig zu machen; er lenkte also ein und erbot sich sogar zu einer monatlichen Zulage von zwei Skudi, unter der Bedingung, außerhalb seines Hauses Quartier zu nehmen; was ich auch am folgenden Tage tat.

Die Franzosen taten nach ihrem Einrücken in Rom was sie wollten, unbekümmert um die Protestschreiben, die der Staatssekretär des Papstes gegen solchen Missbrauch der Gewalt erließ. Der französische

Generalgouverneur machte Ausflüchte in seinen Antworten und tat weiter alles, was er seinen Zwecken für dienlich fand.

So bemächtigte er sich einer großen Zahl von Klöstern, die er in Kasernen umwandelte. Um die Verwahrung, die gegen solche Verletzung der Menschenrechte die päpstliche Regierung einlegte, kümmerte sich der General Miollis gar nicht. Darum fasste der Papst den Entschluss, alle jene zu exkommunizieren, die mit den Franzosen gemeinsame Sache machten; des Nachts wurden die Bannbullen in Rom und dem ganzen Kirchenstaat an die üblichen Stellen angeschlagen. Darauf antwortete der General mit einer Gegendemonstration: er ersetzte die Schweizer, die den Palazzo von Monte Cavallo bewachten, mit Franzosen, die jedermann den Eintritt verboten. Der Papst sah sich solcherart gefangen; er ließ die Tore des Palastes schließen und verzichtete auf jede Verbindung mit der Außenwelt. Fest überzeugt, dass die Franzosen sich mit der Absicht trügen, ihn zu entführen, ließ er seinen großen Ornat bereitlegen für den Fall, dass man verwegen in sein Haus eindringe, und war entschlossen, gegen jeden das Todesurteil auszusprechen, der die ruchlose Hand an seine Person lege. Als das Volk von der Absicht der Franzosen erfuhr, kam es in Aufruhr, und der General hielt es trotz seiner großen Menge Soldaten für besser, die Entfernung des Papstes aus Rom ganz im Geheimen durchzuführen. Er ging dabei mit größter Vorsicht zu Werke, um das Gelingen seines Vorhabens zu sichern, das große Schwierigkeiten bot bei einem Volke, das nichts sonst als die Religion kennt und das im Papst nicht nur den Herrscher, sondern Gott selber auf Erden verehrt. Drei Tage vor der Katastrophe erschienen angesehene Männer aus Trastevere, den Manti, Santa Maria del Pogrolo, dem Borgo an den Toren von Monte Cavallo, sie müssten Seiner Heiligkeit einen Stör von ungeheurer Größe und im Gewicht von dreihundert römischen Pfunden verehren. Trotz des noch geltenden Befehles, niemanden durchzulassen, ließ die französische Wache doch passieren, in der Furcht, das Misstrauen und die Erregung des Volkes zu vermehren, wenn sie sich an den Befehl hielte. Die Deputation mit dem Riesenfisch wurde vor den Papst gelassen. Dieser nahm die Huldigung entgegen, den Männern dankend für solchen Beweis ihrer Anhänglichkeit an den angestammten, von den Feinden der Kirche bedrohten Herrscher. Hierauf nahm einer aus der Deputation das Wort, um den Papst vom wahren Zweck der Absendung in Kenntnis zu setzen. »In diesen schweren Zeiten haben wir zur List unsere Zuflucht genommen, die Wachsamkeit der Kerkermeister Seiner Heiligkeit zu hintergehen. Zwanzigtausend Männer stehen für Eure Befreiung in Waffen und sind bereit, Euch aus den Händen Eurer Feinde zu befreien. Zählen Sie auf ihre Treue. Und sollten sie auch den letzten Blutstropfen für Eure Heiligkeit hingeben, so werden sie glücklich sein, als Märtyrer zu sterben.« Der Papst, der wahren Pläne Frankreichs nicht sicher und die Gefahr nicht ahnend, begnügte sich damit, der Abgesandtschaft nur wiederholt zu danken. »Noch«, sagte er, »ist die Zeit zum Handeln nicht gekommen. Bedarf ich eurer Dienste, werde ich es euch wissen lassen. Bis dahin haltet euch ruhig. Ich verlasse euch nicht. Niemand wird es wagen, sich an meiner Person zu vergreifen.« Er gab danach den Segen, empfing den Pantoffelkuss und entließ die Absendung.

Der Gouverneur Miollis sah die Gärung im Volke mit Besorgnis, und um den Widerstand, bevor er wüchse, zu brechen, beschloss er, die Entführung des Papstes zu beschleunigen; mit der schwierigen Mission betraute er den Kommandanten der Gendarmerie, General Radet. Der Handstreich sollte des Nachts vor sich gehen; er verordnete daher alle Polizeikommissare auf ihre Posten, stellte hundert Polizeiagenten für die Nacht unter Waffen, ebenso fünfzig Gendarmen und hundert Nationalgardisten, die mit Leitern am Fuß der päpstlichen Gärten bereitstehen sollten. Der den Soldaten verlesene Tagesbefehl des Generals verhing über jeden die Todesstrafe, der im Innern des Palastes die geringste Ausschreitung beginge. Um Mitternacht erschien der General Radet in Begleitung des Gendarmeriewachtmeisters Boutru; beide waren in Zivil. Die Gärten sollten nach folgendem Plane erstiegen werden: zuerst die Polizeileute, dann die Nationalgardisten und zum Schluss der General mit einigen Gendarmen. Ein Nationalgardist namens Mazzolini, ein glühender Patriot, wollte der Ehre teilhaftig werden, als Erster die Leiter zu besteigen, welcher Ehrgeiz ihm teuer kam, denn er stürzte und brach ein Bein. Der Sturz kühlte den Eifer seiner Kameraden ein bisschen ab; sie sahen in dem Unfall ein Gottesgericht. Die Polizisten, einfache, zwangsweise gepresste Leute, weigerten sich, die Leitern hinaufzusteigen. Der General wandte sich an die Gendarmen: »Zeigt ihr Tapfern, ob es ein Gottesgericht oder ein bloßer Zufall war! Vorwärts!« Die Gendarmen erstiegen sofort die Mauer; die Gardisten mit dem General folgten und zum Schluss kletterten auch die Polizisten hinauf. Als Führer wählte der General einen Mann, dem die Gänge des Erdgeschosses, die aus den Gärten in das Innere des Palastes führen, bekannt waren. Pistolen in beiden Händen, durchschritten sie die Gänge und stießen an deren Enden auf einen Mitverschworenen, der ihnen die Tür öffnete, durch die sie in den großen Hof gelangten. Hier sammelte der General seine kleine Schar und befahl ihr, die Schweizergarde zu entwaffnen; dazu genügten fünfzehn Mann. Der Anfang war also gemacht; die Gendarmen kamen auf den Hof zurück und gaben dem General die Versicherung, die Schweizer würden keinen Widerstand leisten. Der General befahl seinen Leuten größte Stille und ließ sich von dem Führer und in Begleitung des Wachtmeisters zum päpstlichen Schlafgemach führen. Ohne geringsten Widerstand zu finden, kamen sie vor die Tür. Der General klopfte zweimal. Da fragte der Papst: »Wer ist da?« – »Der General Radet, im Auftrage des Kaisers Napoleon.« Da öffnete der Papst die Türe. Er war angekleidet; er hatte sich, wie man annimmt, gar nicht zu Bett gelegt; ja einige behaupten, er habe den Besuch erwartet. Sei dem wie immer, Seine Heiligkeit ließ den General und dessen Begleiter eintreten. Der General grüßte mit militärischem Respekt und sagte dann: »Eure Heiligkeit haben fünf Minuten Zeit, sich zu entscheiden, entweder diesen Vertrag hier zu unterschreiben« – er enthielt den Treueschwur an den Kaiser, Anerkennung des Code und einiges von minderer Wichtigkeit – »oder sofort abzureisen«. Der Papst las fünf Minuten lang und stehend den, Vertrag, wobei er seine Tabatière in den Händen drehte. Der Wachtmeister war frech genug, ihn um eine Prise zu bitten. Der Papst bot ihm lächelnd die Dose. »Famoser Tabak«, sagte der Gendarm, nachdem er geschnupft hatte. Ohne ein Wort forderte ihn der Papst mit einer Geste auf, sich ein Paket von dem Tabak zu nehmen, das auf dem Tisch lag. Die fünf Minuten waren abgelaufen. Der General fragte, welchen Entschluss Seine Heiligkeit gefasst habe. »Abzureisen«, antwortete der Papst, »ich wünsche nur, meinen Staatssekretär und einen Kammerherrn mitzunehmen.« Der General erlaubte dies und das Nötige wurde angeordnet. Das Hauptportal des Palastes ging auf, um zwei mit Postpferden bespannte Reisewagen durchzulassen, die sechs Gendarmen mit blankem Säbel eskortierten. Nun erschien der Kardinal Consalvi und protestierte mit großer Würde gegen dieses Vorgehen; er verlangte einen Aufschub der Reise, um nötige Vorbereitungen treffen zu können. Worauf aber der General lustig antwortete, die

Zeit des Redens und Beredens sei vorüber und es müsse aufgebrochen werden. Die Wagen standen am Fuß der Treppe bereit; der Papst äußerte, bevor er seinen Wagen bestieg, den Wunsch, seinen Staatssekretär bei sich zu haben, was ihm aber verweigert wurde; der Kardinal Consalvi und der Kammerherr wurden in den zweiten Wagen untergebracht; hinter diesem ritt der Wachtmeister, hinter dem Wagen des Papstes der General. Solcherweise verließ man den Palast und fuhr durch die Stadt, ohne dass der geringste Verdacht laut wurde. Nachdem der Papst fort war, gab ein Offizier allen Garden im Palast Befehl, diesen sofort zu verlassen; jeder kehrte ohne weiteres in sein Quartier zurück. Die Leitern hatte man ganz vergessen, so dass am Morgen das Volk sie sah; wodurch das Gerücht entstand, der Papst sei auf Leitern entführt worden. Jenem Sturz des guten Mazzolini gaben die Priester eine fromme Ausdeutung, indem sie sagten, der Papst, der alle seine Entführer hätte mit dem Tode bestrafen können, habe sich mit diesem einen Manne begnügt, um die andern nachdenklich zu machen. Fabeln solcher Art verbreiteten sich in großer Menge, vom leichtgläubigen Volke leidenschaftlich aufgenommen und weitererzählt. Der Gouverneur bezog den päpstlichen Palast und schickte einen nach dem andern alle Kardinäle fort, die dem Kaiser den Treueschwur verweigerten.

Eines Zwischenfalles muss hier Erwähnung geschehen, der den Erfolg des Anschlages fast zunichte gemacht hätte. In Monteresi, fünfundzwanzig Miglien von Rom, wurden gerade die vom General Radet befohlenen Relaispferde vorgespannt, als der Papst, einen der Wagenschläge öffnend, vom Postillon, der bis Bracciano gefahren war, erkannt wurde. Er stürzte sofort auf die Knie und rief: »Euren Segen, Heiliger Vater! Es trifft mich keine Schuld, ich wusste nicht, wen ich führe und wäre lieber tot als Mithelfer an Eurer Entführung.« Die Postillone, die gerade aufsitzen wollten, weigerten sich, abzufahren. Volk kam herzu und schrie: »Euren Segen, Heiliger Vater! Wir werden Euch befreien!« Der General sah Gefahr um sein Leben; er befahl den eskortierenden Gendarmen, die Postillone abzulösen, zweien die Vorspannpferde zu besteigen und Galopp einzuschlagen. Er selber schlug seine Pistolen an, erklärte jeden niederzuschießen, der den Wagen anzuhalten versuchte. So rettete er sich aus der gefährlichen Situation.

Es ging ohne Aufenthalt bis Poggibonsi im Toskanischen, wo nur ein paar Stunden gerastet wurde; dann ging es weiter. Als ich später durch den Ort kam, erzählte mir die Wirtin der Herberge, in der der Papst gerastet hatte, das Folgende: Seiner Heiligkeit war ein Westenknopf abgesprungen, und der Papst rief in Abwesenheit seines Kammerherrn die Wirtin, dass sie den Schaden ausbessere, und die beeilte sich, den Wunsch zu erfüllen. Der Papst hatte kein Geld, um den kleinen Dienst zu belohnen, und wandte sich darum an den General Radet, der ihm sofort seine gefüllte Börse reichte. Der Papst entnahm ihr vier Louisdors und gab sie der Wirtin.

Kaum hatte der Papst Rom verlassen, nahmen die Dinge hier eine überraschende Wendung. Die geschleuderten Bannflüche waren rasch vergessen, und alles drängte sich in die Dienste der französischen Regierung. Immerhin zogen einige wenige eifrige Papisten den Vorteilen der Unterwerfung die Treue gegen ihre Grundsätze vor, und zu diesen gehörte auch mein Onkel; er opferte ein einträgliches Amt der Furcht vor der Kirche. Ich teilte seine frommen Bedenken nicht, und ging nach Foligno, etwa hundert Miglien von Rom, um hier im Auftrage der französischen Regierung die Verwaltung der Nationalgüter zu übernehmen. Auf mein Leutnantspatent tat ich Verzicht. Vor der Abreise nahm ich Abschied von Onkel und Mutter, denen ich den Zweck meiner Abreise mitteilte. Der Gatte meiner Mutter war der Anschauung meines Onkels und brachte ihr Opfer wie er. Mein Empfang war daher recht kühl, und ich bekam versichert, dass ich wie alle Anhänger des Kaisers sehr bald Grund zu Tränen haben würde. Diese Prophezeiung schien mir ein guter Scherz. Ich verließ meine Verwandten, unbekehrt zu meiner Anschauung der Dinge, und reiste ab. Ich fand diese Prophezeiung sehr komisch. Vergeblich versuchte ich, meine lieben Verwandten zu meinem Standpunkt zu bekehren, und so machte ich mich auf den Weg. Von meinen Reisegefährten muss ich einiges berichten. Ein ältlicher Advokat mit seiner jungen Frau, die nach Foligno reisten, wo er einen Verwaltungsposten antreten sollte, und ein Kapuziner auf dem Rückweg nach Perugia in sein Kloster; er war etwa sechzig Jahre alt. Trotz der Gicht war er bei bester Laune und vertrieb uns den ganzen Weg die Zeit. Er war früher Prediger und Beichtvater der Königin Karoline von Neapel gewesen, der Gemahlin Ferdinands IV. Als sich dieser nach Sizilien zurückzog, kehrte der Kapuziner, der sich in Palermo langweilte, zurück in sein

Kloster. Wollte ich alles wiederholen, was er uns während der Fahrt erzählte, würde ich wohl, so fürchte ich, zarte Ohren beleidigen; insonders an dem guten Ruf seines königlichen Beichtkindes lag ihm nicht das Geringste. Ich will nur diese eine Anekdote erzählen, die mich sehr belustigte. Die Königin hatte einen Liebhaber, ein Vergnügen, von dem sie nicht lassen wollte, trotzdem es ihr der Kapuziner verbot, ja, ihr die Absolution verweigerte. Aber die Königin ließ sich nicht abschrecken und bestand auf ihrem Willen.

»Dann kann ich Ihnen nicht die Absolution erteilen.« Da zog die Königin ihre Börse und gab ihm einige Goldstücke. »Geben Sie mir die Absolution und nehmen Sie dies Geld für ein paar Messen, die ich Sie zu lesen bitte, auf das Gott meine Art ändere.« Gegen dieses Argument war nichts einzuwenden. Der Kapuziner nahm das Geld, gab die Absolution und versprach der Königin, für ihre Besserung zu beten. »Auf diese Weise«, schloss er lachend, »hab ich mir ein Vermögen gemacht, denn ich verkaufte viele Absolutionen. Wir kamen dabei alle beide auf unsere Rechnung; ich wurde vermögend und die Königin behielt ihre Liebhaber. Hätte ich mich in diesen Ausgleich nicht gefunden, so wäre ich entlassen worden, und die Königin hätte für mich hundert Beichtväter gefunden, welche ihr mit der größten Bereitwilligkeit sämtliche Absolutionen der Welt verkauft hätten.«

Wie recht der arme Burner gehabt hatte, bestätigte mir die Unterhaltung mit dem Kapuziner.

In Foligno übernahm ich sofort mein Amt. Eine meiner ersten Maßnahmen war die Aufhebung der Männer- und Frauenklöster; ich machte ein Inventar aller ihrer Besitztümer und Einnahmen. Ein Blick in diese Klöster ließ mich erkennen, wie viele Opfer sie bargen, der Laune und dem Ehrgeiz der Familien gebracht: nur um den Erstgeborenen reich auszustatten verurteilten sie die übrigen Kinder zu lebenslänglichem Gefängnis. Waren die alten Nonnen in großer Trauer, den Ort zu verlassen, wo sie als Königinnen geherrscht hatten, so zeigten die gewaltsam ins Kloster gezwungenen Schwestern lebhafteste Freude; sie fragten mich leise, wann ich ihnen die Freiheit brächte. Ich musste über ihre Naivität lächeln, aber ich hätte gewünscht, mit den entarteten Eltern, diesen Henkern ihrer Kinder, strenges Gericht halten zu können. Es ist mir nicht möglich, die Reichtümer, die ich in den Klöstern vorfand, aufzuzählen. Von manchen hätten Dutzende von Familien sich ernähren können und hier lebten sieben, acht Mönche davon.

Obzwar geneigt, manche Maßnahmen Napoleons streng zu verurteilen, muss ich doch diese die Klöster betreffend loben. Es war ganz vortrefflich, diese frommen Nichtstuer zur Arbeit und in die menschliche Gesellschaft zurückzuführen, und finde es fast tadelnswert, dass Napoleon ihnen Pensionen aussetzte. Ich hätte mit der Macht in den Händen sicher einen politischen Missgriff begangen, aber so, so unmittelbarer Zeuge ihrer Verderbtheit und Heuchelei, hätte ich den Mönchen keinen Heller zugebilligt, und, je näher ich zusah, um so Schlimmeres entdeckte ich. Ein paar Laienbrüder machten uns mit allen Kniffen und Intrigen der Mönche bekannt, die den vornehmsten Damen der Stadt die Cour schnitten, um deren Reichtum und Kredit auszunützen; denn jene Häuser, welche die Mönche protegierten, genossen alle Gunst der päpstlichen Regierung. Auch die Nonnen verstanden sich darauf, die strenge Klosterregel zu umgehen, wenn es ihnen, da sie nie ausgehen durften, auch schwieriger war als den Mönchen, die sich frei bewegen konnten und sich die ärgsten Ausschweifungen erlaubten.

Ich tat meine Arbeit, und die Klostergüter kamen zur Versteigerung. Die Preise waren niedrig und die Bürger boten lebhaft, ohne auf die geistliche Herkunft der Güter zu achten. Aber darum sind die Folignaner doch nicht ohne religiöse Vorurteile, wofür ich nur ein Beispiel anführen will. Es geht die Geschichte, dass man vor Jahren einmal während des Karneval in der Vorhalle der Kirche San Felice habe den Teufel tanzen sehen. Damals gab es gleich eine fromme Prozession, die Hexerei zu brechen, und es wurde beschlossen, inskünftig den Karneval eine Woche lang auszusetzen, welche Woche man den Cucugnaio nennt. Vergeblich versuchten wir Aufklärung; das törichte Volk hielt an seinem Wahn fest, dass, sowie eine Maske während des Cucugnaio sich zeige, gleich wieder die Teufel in San Felice tanzen würden.

Ich kam des öftern nach Rom, teils in Geschäften, teils zum Vergnügen. Ich hatte mir ein Kabriolett bauen lassen und mein flinkes Pferdchen machte den Weg in kürzester Zeit. Man warnte mich vor den zahlreichen Briganten, dass ich nicht nachts allein durch die Campagna fahre, aber ich hatte keine Furcht und lachte über die ängstlichen Ratgeber, denn es war mir nie etwas passiert.

Da ward ich, wieder einmal nach Rom unterwegs, zwischen Nepi und Monteresi von acht Bewaffneten überfallen mit dem Ruf Halt!

Halt! Es war um Mitternacht etwa. Ich hielt an und fragte, was man von mir wolle. Sie hießen mich aussteigen und legten mich mit dem Gesicht nach unten auf den Boden. Ich bat sie beim Aussteigen, die Zügel nicht loszulassen, da das Pferd sonst durchginge; was sie auch taten. Die Frage, wer ich sei, zu beantworten, war ich wohl auf der Hut, denn hätte ich ihnen die Wahrheit gesagt, dass ich Agent der französischen Regierung sei, so hätten sie mich auf der Stelle umgebracht. »Ich bin Kaufmann«, log ich, »und auf einer Geschäftsreise« – »Woher des Weges?« – »Von Foligno.« Darauf berieten sie, was mit mir anfangen. Einer sagte: »Ich glaube, er lügt uns an; er ist sicher ein Agent.« – »War er ein Agent«, sagte ein anderer, »dann traute er sich nicht nachts zu reisen.« – »Er ist schon ein Kaufmann«, sagte wieder einer, »und reist nachts, um die Herbergskosten zu sparen.« Nun fragte mich einer: »Sind Sie wirklich ein Kaufmann?« – »Aber ganz gewiss, liebe Freunde, Ihr könnt mir glauben. Ich bin bestimmt nicht ein Agent der französischen Regierung, ich hatte es mir sogar sehr viel kosten lassen, von der Aushebungsliste gestrichen zu werden.« – »Da habt Ihr's, er ist auch ausgehoben worden«, sagte einer, und zu mir: »Haben Sie keine Angst, wir sind selber flüchtig gegangene Ausgehobene und keine Banditen; wir zogen in die Berge, weil wir Napoleon nicht dienen wollen. Treffen wir auf einen seiner Agenten oder Soldaten, dann kennen wir keine Gnade. Aber von einem einfachen Reisenden erheben wir bloß eine kleine Steuer von acht Skudi der Kopf.« Ich zog meine Börse mit fünfzehn Louisdor aus der Tasche und übergab sie dem Sprecher. Aber man nahm meine Freigebigkeit nicht günstig auf. »Wir sind keine Banditen«, riefen sie, »wir hatten von Ihnen acht Skudi verlangt und wollen nicht mehr.« Ich gab ihnen gern die acht Skudi. »Nun geleite Sie Gott. Aber fahren Sie nicht eher ab, als bis wir von dieser Stelle zweihundert Schritt entfernt sind.« Es fiel mir ein, dass mein Pferd mir davongaloppierte, sowie sie die Zügel losließen, darum bat ich: »Liebe Freunde, Ihr wäret sehr großmütig gegen mich, tut mir noch den Gefallen, mein Pferd zu halten, bis ich wieder in meinen Wagen gestiegen bin. Ich verspreche, Euch nicht anzusehen, ich schwöre bei meiner Ehre, dass ich, wer Ihr seid, nicht wissen und Euch auch in keiner Weise schaden will.« – »Verbinden Sie sich die Augen mit Ihrem Taschentuch, damit wir ganz sicher sind.« Das tat ich und sprang in meinen Wagen. Ich wünschte meinen neuen Freunden noch eine gute Nacht und trieb mein Pferd an. In Monteresi hatte ich mich noch nicht von meinem Schrecken erholt. Als ich da mein Abenteuer erzählte, sagte man mir, ich hätte sehr recht getan, meinen Beruf zu verleugnen, und es sei um Tod und Leben gegangen.

Nach den Tagen des 15. August riefen mich meine Geschäfte nach Foligno, aber ich blieb in Rom, als ich hörte, dass der berühmte Brigant Spatolino, den man vor vier Monaten gefangen hatte, verurteilt werden sollte, wozu Zeugen aus ganz Italien aufgeboten waren. Der Prozess interessierte mich und ich war neugierig, ob der arme Teufel sein im Kerker gegebenes Versprechen halten würde, dass die Zuhörer des Prozesses etwas zu lachen bekommen würden.

Achtzehn Jahre lang hatte dieser Spatolino sein Banditenhandwerk mit höchst traurigem Erfolg ausgeübt. Die französische Regierung hatte mit der Mission, Spatolino zu fangen, den Polizeikommissar Neapels, Rotoli, betraut, einen mutigen und listigen Mann, wohl imstande eine so heikle Sache zum guten Ende zu bringen. Er fing es mit der List an, da die Gewalt so lange nichts erreicht hatte. Er ließ den Spatolino geheim zustecken, dass ein Polizeikommissar ihn um eine Zusammenkunft bäte; er möge den Ort angeben, an dem der Kommissar allein und unbewaffnet eintreffen würde, in vollstem Vertrauen und in einer Sache von höchster Wichtigkeit. Spatolino nahm den Vorschlag an und gab den Ort bekannt. Rotoli ging hin, wie er versprochen, wo ihn Spatolino mit den Worten empfing: »Signor Rotoli, Sie sind gekommen, um mich zu verraten, oder haben Sie vielleicht, wie Sie mich wissen ließen, etwas Wichtiges mit mir zu reden?« – »Ich bin kein Verräter«, sagte Rotoli, »die französische Regierung wünscht von Ihnen nichts als die Auslieferung Ihrer Spießgesellen, wofür sie Ihnen volle Amnestie gewährt und freien Genuss aller Reichtümer, die Sie sich gesammelt haben.« Der Räuber war seines Lebens schon müde und ruhebedürftig, weshalb er auf den Vorschlag einging. Er versprach, seine Leute auszuliefern für Sicherheit und Schutz seiner eigenen Person, was ihm der Kommissar auf Ehrenwort versprach. Spatolino war leichtgläubig; das Ehrenwort genügte ihm als Garantie. »Gut, seien Sie heut abend um acht hier; nehmen Sie zwanzig Gendarmen und einen Trupp Bauern mit; Sie werden mich mit sieben oder acht meiner Leute hier treffen – das ist alles, was ich tun kann. Meine Frau wird bei mir sein; sie muss frei bleiben wie ich, das ist Bedingung.« Der Kommissar widersprach nicht. So wurde der Vertrag geschlossen, und Kommissar und Bandit sprachen noch lange miteinander, bevor sie sich trennten; Spatolino versprach dem Rotoli noch zweitausend Skudi als Lohn.

Wieder in Rom, erstattete Rotoli seinen Vorgesetzten Bericht von der Unterredung, und am Abend war er mit seinen Gendarmen wie verabredet zur Stelle. Spatolino ließ nicht warten. »Gehen wir ins Haus«, sagte er zu Rotoli, »meine Leute sitzen beim Essen. Und vergessen Sie nicht, dass ich auf Ihr Ehrenwort zähle, wenn ich auch kaum glauben kann, dass die Regierung mich begnadigen wird.« – »Ich bürge Ihnen dafür, seien Sie außer Sorge.« Während dieses Gespräches schritten die beiden Arm in Arm auf das Haus zu, gefolgt von den Gendarmen. Vor dem Haus pfiff Spatolino, worauf sich die Tür öffnete; dann trat er zuerst ein; die Räuber waren im Glauben, er führe ihnen neue Genossen zu; sie blieben deshalb ruhig sitzen. Währenddem hatten die Gendarmen ungestört zweckmäßig Aufstellung genommen; nun wurden sie mühelos mit der Bande fertig. Auch mit Spatolino, auf den sich vier warfen, entwaffneten und in Ketten legten, genau so wie die andern. »Ich bin verraten!« brüllte er. – »Es ist nur eine Formalität«, sagte ihm ruhig Rotoli, »morgen sind Sie in Freiheit.« Aber Spatolino war nicht mehr zu täuschen. »Achtzehn Jahre lang«, sagte er, »habe ich geraubt und gemordet und nie hat man mich erwischt, und nie hätte ich gedacht, dass solche Ehre dem Rotoli zufallen würde. Ich muss noch lernen, ich war zu ehrlich; ich glaubte an ein Ehrenwort. Ich sehe, dass ich Dummkopf mich getäuscht habe. Ich habe meine Genossen ausliefern wollen und jetzt bin ich selber gefangen.« Man hatte auch seine Frau in Ketten gelegt, und als er das sah, schrie er: »Mein Weib ist unschuldig! Verzage nicht, Weib, ich werde dich retten, du wirst nicht sterben, ich werde dich verteidigen.«

Die ganze Bande wurde ins Gefängnis geführt. Fünf Monate dauerten die Voruntersuchungen, vierhundert Zeugen wurden über die zahllosen Morde des Angeklagten vernommen, der vor Gericht mit achten seiner Leute und mit seinem Weibe erschien. Nachdem die Sitzung eröffnet war, erhob sich Spatolino und hielt an den Präsidenten diese Ansprache: »Signor, ich weiß, dass alles bekannt ist. Ich habe nichts zu verheimlichen. Ich habe dem Ehrenwort Rotolis vertraut; das war ein Fehler, den ich mir nicht verzeihe. Da ist nun nichts mehr zu ändern. Mein Vertrauen hat mich ins Verderben gebracht und ich muss die Folgen tragen. Ich will versuchen, in meinen Aussagen möglichst genau zu sein. Ich bitte nur um eine einzige Gunst: dass man mich vor meinem Tode eine Stunde mit meiner Frau allein lasse.« Das versprach ihm der Gerichtspräsident. »Ich rechne auf Ihr Wort, das jedenfalls mehr wert ist als das eines Rotoli, der mir das Leben versprach und mich in den Tod führt.« – »Sie haben mein Versprechen.« – »Gut, ich werde ja sehen, wie Sie es damit halten.«

Das alles sagte er ganz heiter und schloss: »Wir sind hier unser zehn angeklagt, aber nicht alle haben den Tod verdient; ich werde Ihre Justiz erleuchten und Ihnen zeigen, wie man Schuldige von Unschuldigen unterscheidet.«

Nun kam das Zeugenverhör. Keine Aussage, bei der Spatolino nicht kleine Ausstellungen zu machen hatte. »Euer Gedächtnis verlässt Euch hier«, sagte er etwa zu den Zeugen, »ich habe den Mord auf diese Weise ausgeführt.« Und er erzählte alle Einzelheiten, verschwieg keinen ihn belastenden Umstand und war nur immer bemüht, vier seiner Leute wie auch seine Frau zu retten, deren Unschuld er beteuerte, und die vier andern in seine Schuld zu verwickeln. Seine Frau hätte, seinem Befehl unterworfen und seiner Gewalt ausgeliefert, nur seine Befehle ausgeführt, ebenso wie die vier andern, die er gegen ihren Willen zu den Verbrechen gezwungen habe. Diese ungewöhnliche Art, sich zu verteidigen, erregte bei den Zuhörern viel Heiterkeit; und hatte der Angeklagte den Saal zum Lachen gebracht, so wandte er sich des öftern an die Lachenden und sagte: »Ja, heute habt ihr zu lachen, aber in drei, vier Tagen werdet ihr nicht mehr lachen vor dem armen Spatolino mit ein paar Kugeln in der Brust.« Während einer solchen Anrede an die Zuhörer fiel sein Blick auf einen der ihn bewachenden Gendarmen und er erkannte ihn als einen früheren Genossen aus seiner Bande. Er sah sich ihn lange an, aus Sorge, sich zu irren; dann rief er: »Ich hätte nie gedacht, dass die französische Regierung solche Leute zu Gendarmen macht!« – »Was wollen Sie damit sagen?« fragte der Vorsitzende. »Dieser Gendarm hier, ich erkenne ihn, hat fünfzehn Jahre bei mir gedient; wir haben miteinander den und den umgebracht. Vernehmen Sie den und den Zeugen; wir haben den Diener ermordet, sein Herr wird den Gendarmen da wiedererkennen.« Der von Spatolino genannte Zeuge wurde gerufen und er erkannte in dem Gendarmen den Mörder seines Dieners. Schon vorher hatte sich der Gendarm durch seine Verwirrung auch dem Naivsten verraten. Es wurden ihm die Waffen abgenommen und er musste sich auf der Anklagebank niederlassen. »Schön, schön«, sagte Spatolino, »jetzt sitzest du auf dem dir gebührenden Platz; wir haben unsere Feldzüge gemeinsam gemacht, es ist nur recht und billig, dass wir auch gemeinsam unseren Abschied nehmen.« Der unglückliche Gendarm senkte ohne ein Wort den Kopf; kaum hatte er Kraft genug, die Turmtreppe hinaufzukommen.

Acht volle Tage dauerte der Prozess, und nie wohl hat ein Angeklagter mit so kaltem Blute seine Verbrechen in alle Einzelheiten zergliedert und mit solchem Vergnügen ins Licht gesetzt. Ja, er bedauerte sogar die misslungenen Verbrechen! So, als der Postmeister von Città Castellana als Zeuge aufgerufen wurde. Da erhob sich Spatolino und sagte: »Herr Präsident, ich habe diesen Gentiluomo mit eigner Hand dreimal erwischt, das letztemal verletzte ich ihn so gut am Arm, dass er ihn nicht mehr gebrauchen kann. Ich werde sterben mit dem schmerzlichen Bedauern, ihn nicht getötet zu haben, denn er ist mein schlimmster Feind, den ich im Leben hatte und den ich auch im Tode noch haben werde.«

Das Gericht verurteilte Spatolino, vier seiner Leute und den Gendarmen zum Tode; sein Weib bekam vier Jahre Gefängnis, die andern Räuber achtzehn bis zwanzig Jahre Zuchthaus. Nach der Fällung des Urteils erinnerte Spatolino den Präsidenten an das Versprechen, und er durfte sich anderthalb Stunden mit seinem Weibe unterhalten. Er gab ihr die Orte an, wo er seine Reichtümer versteckt hatte. Darauf bat er, dass man das Urteil im Gefängnis selber vollstreckte, da er den Verwünschungen, die er auf dem Weg zum Richtplatz der Bocca dello Verità fürchtete, entgehen wollte. Priester wollte er keinen sehen und er würde jeden umbringen, der es wagen sollte, sein Hausrecht zu verletzen. Man lachte über diese Drohung, aber es war ihm ernst damit; denn Spatolino brach Ziegelsteine von seinem Kamin ab und schichtete sie neben der Türe, fest entschlossen, den, der seine Schwelle zu übertreten wagte, damit totzuschlagen. Wie man weiß, werden die zum Tode Verurteilten in Rom nicht gefesselt; sie können sich in ihrer Zelle frei bewegen. Spatolino war also in der Lage, sich derart zu verteidigen. Einer der Wärter, die einzutreten versuchten, traf er mit solcher Wucht, dass seine Kameraden auf weiteres verzichteten; sie versuchten es auch mit gütigem Zureden, vergeblich. »Ich bin bereit, morgen um zehn Uhr zu sterben«, erklärte Spatolino, »nicht früher; holt mich morgen um neun Uhr ab, dann stehe ich zu eurer Verfügung.« Ein paar Priester tauchten vor der Türe auf: ob er beichten wolle. »Bringt ihr mir den Postmeister von Cività Castellana her und den Verräter Rotoli, damit ich sie beide ins Jenseits befördere, so will ich dann herzlich gern beichten.« Man versuchte, ihm gut zuzureden, worauf er erst mit wütenden Flüchen antwortete und dann überhaupt kein Wort mehr sprach.

Als man ihm andern Morgens ankündigte, dass es neun Uhr sei, sagte er: »Gut, ich bin bereit.« Als die Wärter nicht einzutreten wagten, rief er: »Kommt nur herein, ich tue euch nichts.« Da banden sie ihn und führten ihn nach dem Richtplatz. Die Priester, die sich unterwegs an ihn machten, schickte er fort mit den Worten, er wolle sich von ihnen nicht im Anblick der hübschen Frauen stören lassen, die aus den Fenstern hingen bei seinem Vorbeikommen. Er machte den jungen Mädchen Augen, schimpfte seine Gefährten, die auf die Priester hörten. Auf dem Richtplatz angelangt, rief er: »Vorwärts, Freunde! Wir haben das arme Volk genug geplagt, es ist nur gerecht, dass jetzt wir drankommen. Bejammern wir nicht unser Los und sterben wir mutig.« Zum Volk gewandt, sagte er: »Vergesst das nicht: Spatolino stirbt bedauernd, dass er sich nicht an dem Postmeister von Cività Castellana und dem Verräter Rotoli rächen konnte, der ihn durch seinen Schurkenstreich in den Tod gebracht hat.« Darauf befahl er den Soldaten, zu schießen und gut auf seine Brust zu zielen. Sich die Augen verbinden zu lassen, weigerte er sich durchaus. Ohne geringstes Zittern erwartete er die tödliche Kugel. So schloss dieser Brigant ein Leben, dessen Abenteuer in Rom viel erzählt wurden und der den Theaterdichtern seiner Zeit ein beliebter Stoff war.

Ich kehrte nun nach Foligno zurück und blieb da fünf Jahre, als die Franzosen in Russland ihr Malheur erlitten. Joachim Murat bemächtigte sich sofort des Kirchenstaates und ich wurde für einige Zeit meiner Stelle enthoben. Währenddem sprach man in Rom täglich ernsthafter von der Rückkehr der päpstlichen Regierung, und das Volk war der Meinung, Gefangenschaft und Leid hätten die Tugenden des Papstes nur verdoppelt und dass er wie ein zärtlicher Vater zurückkehren werde, offenen Armes gegen seine Kinder. Die guten Römer bildeten sich ein, der Heilige Vater würde sofort die Steuern heruntersetzen, aller derzeitigen Gewalt ein Ende machen, ja, sie glaubten sogar in ihrem Wahne, dass die Geistlichkeit ihre Grundsätze zum Besseren ändern würde. Alle Wohltaten Frankreichs waren Vergessen und voller Verachtung behandelte man die Beamten der französischen Regierung. Oft genug hörten wir hinter uns reden: »Ja, ihre Zeit ist vorbei, neugierig, wie sie ihr Benehmen rechtfertigen werden.« Unsere Freunde fielen von uns ab, wandten sich gegen uns; zeigten wir uns in der Öffentlichkeit, wurden wir schlecht behandelt. Man wollte auf diese Weise seine gut päpstliche Gesinnung dartun, denn man erwartete stündlich die Restauration.

Neapolitanische Truppen erschienen in Foligno und requirierten ein paar hundert Pferde für ihren Train. Der Major ließ mich um mein Pferd bitten, in der Absicht, sich dadurch, dass er mir den Gaul abnahm, bei der päpstlichen Partei beliebt zu machen. Ich ließ ihm sagen, er möge sich an wen andern um ein Pferd wenden, ich stünde im Dienst der französischen Regierung, deren Befehl zum Aufbruch ich täglich erwarten müsste, wozu ich dann mein Pferd nötig habe. Als ich einige Tage dafür über die Piazza ging, wurde ich auf Befehl dieses Majors verhaftet. Als mich die Nationalgarde ins Gefängnis führte, schrie das Volk: »Das ist der erste, aber die andern werden bald nachkommen!« Meine Freunde verwandten sich alle bei dem Major für mich, denn die Verhaftung musste mich schwer kompromittieren. Der Major entschuldigte sich und erklärte, dass er nie einen Verhaftbefehl gegen mich erlassen habe. Er setzte mich sogar persönlich in Freiheit und schüttelte mir herzlich die Hand.

Aber die Rückkehr des Papstes ließ nicht auf sich warten. Das Volk lebte im Festrausch. Man baute Triumphpforten, und die Straße von Cesena nach Rom glich einem riesigen Blumengarten. Eines Morgens konfiszierte ein Prälat alle meine Amtsbrüder und erklärte mein Amt für aufgehoben. Die Stimmung des Volks war mir feindlich, weshalb ich mich entschloss, mit einem meiner Freunde, dem ich einen Platz in meinem Wagen anbot, nach England zu reisen. Nur mit Mühe bekamen wir Pässe nach Florenz. Ich verließ mein Vaterland, alle die Übel ahnend, die über es kommen würden, und fest entschlossen, nie mehr wieder nach Italien zurückzukehren. Was ich später von all dem erfuhr, das der Restauration der päpstlichen Herrschaft vorausging, von den Racheakten insbesondere, die auf Betreiben des Kardinals Pacca stattfanden, konnte mich in meinem Entschluss nur bestärken, und ich hatte meine Klugheit mehr als einmal gepriesen auf dem gastlichen Boden, der mich aufgenommen hat.

Biographie

1783	*23. Januar:* Stendhal wird als Marie Henri Beyle in Grenoble geboren. Sein Vater ist ein wohlhabender Advokat und Landbesitzer. Er hasst seinen Vater und die jesuitische, royalistische Atmosphäre zu Hause.
1790	Stendhals Mutter stirbt und seine gläubige Tante kümmert sich um seine Erziehung, zusammen mit einem jesuitischen Priester.
1800	Er bricht das Studium ab und findet für kurze Zeit Gefallen am Soldatenleben als Dragoner in Napoleons Armee. Durch seine militärische Tätigkeit reist er nach Milan. Er versucht sich als Schriftsteller und erntet mit seinen Reisebeschreibungen, Biographien von Haydn und Mozart sowie einer Geschichte der italienischen Malerei herbe Kritik.
1802	Zurück nach Frankreich.
1812	Er dient in der Armee Napoleons in der Russischen Kompanie.
1814	Nach Napoleons Sturz geht Stendhal nach Milan, wo er bis 1820 bleibt. Dort beginnt seine literarische Laufbahn. »Vie de Mozart« (»Das Leben von Mozart«) erscheint.
1817	Er schreibt für britische Zeitungen. »Rome, Naples et Florence«. »Histoire de la peinture en Italie« wird veröffentlicht. »Vie de Haydn, de Mozart et de Métastase«.
1822	Die psychologisch angelegte Studie »De l'Amour« (»Über die Liebe«) erscheint.
1823	»Racine et Shakespeare«. »Vie de Rossini« (»Das Leben von Rossini«).
1827	Als Romanschriftsteller stellt er sich dem Publikum erst spät vor. »Armance«, den ersten Roman, veröffentlicht er mit 44 Jahren.
1830	»Le rouge et le noir« (»Rot und Schwarz«) schreibt er im Alter von 47 Jahren. Nach der Thronbesteigung von Louis Philippe wird

| | Stendhal zum Konsul in Triest ernannt. |
| **1831** | Veröffentlichung von »Le rouge et le noir«. |

Stendhal zum Konsul in Triest ernannt.

1831 Veröffentlichung von »Le rouge et le noir«.

Da Metternich seine Bücher und seine liberalen Ideen kritisiert, wird er nach Civitavecchia versetzt.

Obwohl er eine Zeitlang nichts veröffentlicht, schreibt er an »Souvenirs d'égotisme« und »La Vie d'Henri Brulard«, beide autobiographisch, und am Roman »Lucien Leuwen«.

1836–1839 Er hält sich in Paris auf und wandert durch Frankreich.

1840 Erst zehn Jahre nach der Veröffentlichung seines ersten bedeutenden Romans erscheint »La Chartreuse de Parme« (»Die Kartause von Parma«). Den Zeitgenossen sagen seine Werke wenig zu. Doch heute gelten seine Werke als Meisterwerke ihrer Gattung. Der an seiner Umwelt leidende Mensch wird in der Analyse Stendhals Modell für eine herzlose Gesellschaft, die zu keinem menschlichen Fortschritt fähig ist.

1841 Stendhal lebt erkrankt in Paris.

1842 *23. März:* Er stirbt in Paris an Apoplexie mitten auf der Straße. »Lucien Leuwen« (unvollendet) erscheint postum 1855, seine Autobiografie, »Bekenntnisse eines Egotisten«, erst 1892.